최영미의 어떤 시,

안녕 내 사랑

최영미의 어떤 시,

안녕 내 사랑

최영미 엮고 씀

이미출판사

차례

1부 쉽게 살라고 그녀는 내게 말했지

010 버드나무 정원 아래_예이츠

012 원주 가는 길_김시습

014 낙타_신경림

016 곧은 길 가려거든_최치원

018 안녕 내 사랑 Bella Ciao

022 3월에게_에밀리 디킨슨

026 바다와 나비_김기림

028 참고문헌 없음_이성미

032 독을 품은 나무_윌리엄 블레이크

034 누가 하늘을 보았다 하는가_신동엽

038 혼자 웃다_정약용

040 참으로 아름다운 오월_하인리히 하이네

042 사랑_김수영

새로운 길_윤동주 **044**

어떤 이들은 기병대가_사포 **046**

이브의 딸_크리스티나 로제티 **048**

6월의 언덕_노천명 **050**

기억하는가_최승자 **054**

소네트 66 이 모든 것에 지쳐_셰익스피어 **056**

루바이 71 움직이는 손가락_오마르 하이얌 **058**

루바이 96 아, 장미꽃 시들며_오마르 하이얌 **060**

술 노래_예이츠 **062**

시드는 풀 何草不黃_(출전: 詩經) **064**

이소離騷_굴원 **066**

목욕하는 사람아_이백 **068**

강촌_두보 **070**

음주 제9수_도연명 **072**

금산사에 걸려있는 내 초상화에 쓴 시_소동파 **074**

서림사의 벽에 쓴 시_소동파 **076**

2부 무엇이고 무엇이 아닌가

080 퓌티아 찬가 8번_핀다로스

082 서정시를 쓰기 힘든 시대_베르톨트 브레히트

086 화장을 하며_문정희

090 마들에서 광화문까지_천양희

092 알 수 없어요_황인숙

094 가을밤_조용미

096 과일가게에서_최영미

098 섬진강 12: 아버님의 마을_김용택

102 봄과 가을: 아이에게_제라드 홉킨즈

104 추억_바이런

106 여행_보들레르

108 기대지 않고_이바라기 노리코

110 피_이바라기 노리코

112 뺄셈_김광규

겨울 파리_김시습(金時習) **114**

본보기 _W. H. 데이비스 **116**

아이들을 곡하다_허난설헌 **118**

유언遺言_김명순 **120**

외로움과 싸우다 객사하다_나혜석 **122**

행복_허영자 **124**

길가메시 서사시 **126**

후기 **128**

출처 **130**

1부

쉽게 살라고
그녀는 내게 말했지

버드나무 정원 아래

Down By The Salley Gardens

예이츠(W. B. Yeats 1865~1939)

버드나무 정원 아래 내 사랑과 나 만났네

그녀는 작고 눈처럼 하얀 발로

수양버들 정원을 지나갔지

나무에 잎사귀가 자라는 것처럼

쉽게 사랑하라고 그녀는 내게 말했지

그러나 나는 어리고 어리석어

그녀의 말을 새겨듣지 않았네

강가의 들판에 내 사랑과 나 서 있었네

기울어진 내 어깨에 그녀는

눈처럼 흰 손을 얹었지

강둑 위에 풀이 자라는 것처럼

인생을 쉽게 살라고 그녀는 말했지

그러나 나, 젊고 어리석었고

그래서 지금 눈물로 가득하네

어느 노파가 불러준 3행의 민요를 예이츠가 늘려 시로 만들었다. 예이츠에게 사랑은 쉽지 않았다. 24살에 만난 배우이자 아일랜드 독립운동가인 모드 곤(Maud Gonne)에게 십 년 간 네 번 청혼했다 네 번 거절당했다. 모드 곤이 과격한 민족주의자 맥브라이드와 결혼한 뒤에도 그녀는 예이츠의 시에 강렬한 존재로 남아있었다.

1916년 모드 곤의 남편이 영국군에게 처형되었다는 소식을 들은 예이츠는 마지막으로 그녀에게 청혼했다 거절당한다. 이듬해 52세의 예이츠는 모드 곤의 딸에게 청혼했다 거절당한 뒤, 25살의 조지와 결혼했다.

1939년 남프랑스의 망통에서 사망한 예이츠의 시신은 인근 묘지에 매장되었다. 세계대전이 끝난 뒤 1948년 예이츠의 유해를 슬라이고로 옮기는 일을 책임진 아일랜드의 외무부장관 숀 맥브라이드는 모드 곤의 아들이었다. 행복한 결말 아닌가.

원주 가는 길 原州途中

김시습(金時習 1435~1493)

봄바람에 지팡이 짚고 관동 가는 길
원주로 들어서니 안개 낀 수풀
인적 드문 객사에 마차 또한 드물고
드높은 누각 비 온 뒤 붉은 해당화
십 년 길 누비며 다 닳아버린 신발
드넓은 세상에 텅 빈 주머니 하나
시 짓는 나그네 마음 어지러운데
산새 노래하듯 기생소리 들려오네

—최명자 옮김

김시습이 26세에 이런 시를 썼다. 그도 남자니까 기생 소리에 마음이 흔들렸겠지. 마지막 줄에 '기생'으로 번역된 말은 한시에선 '어화'(語花: 말하는 꽃, 기생을 일컫던 말). 해당화와 대구를 이뤄 심심한 시에 생기를 불어넣었다. 아무도 거두지 않는 사육신의 시신을 수습해 노량진에 묻고 스무 살의 시습은 길을 떠났다. 스님 행색으로 온 세상이 내 집이라며 떠도는 삶도 젊은 날에는 흥겨워 요런 재미난 시를 남겼다.

　신발 타령이 몇 편 더 있는데 다 구질구질. 텅 빈 주머니만 탓하지 말고 생업을 구하거나 이 나라를 떠나지. 한자로 글을 그렇게 잘 지으면서 왜 중국이나 일본에서 살 생각을 하지 않았나? 돌봐야 할 부모도 처자도 없는데 자신을 알아주지 않는 조선에 붙들려 한평생… 이리 쓸쓸한 시를 남겨 내 가슴을 아프게 하나.

　성종이 왕위에 오르자 서울로 올라와 수락산에 한동안 머물렀고 사십대에 환속해 결혼도 했지만 부인이 일찍 죽는 등 불운이 이어진다. 말년에 이르러 자신의 거대한 과오를 깨달은 그는 이렇게 썼다. "더 일찍 깨달을 수 없었을까…내 무덤에 표적 남기려면 꿈꾸다 죽은 늙은이라고 써주시구려" 꿈꾸다 죽지 않으려 이 글을 쓴다.

낙타

신경림(申庚林 1935~　)

낙타를 타고 가리라, 저승길은

별과 달과 해와

모래밖에 본 일이 없는 낙타를 타고.

세상사 물으면 짐짓, 아무것도 못 본 체

손 저어 대답하면서,

슬픔도 아픔도 까맣게 잊었다는 듯.

누군가 있어 다시 세상에 나가란다면

낙타가 되어 가겠다 대답하리라.

별과 달과 해와

모래만 보고 살다가,

돌아올 때는 세상에서 가장

어리석은 사람 하나 등에 업고 오겠노라고.

무슨 재미로 세상을 살았는지도 모르는

가장 가엾은 사람 하나 골라

길동무 되어서.

절창이다. 보지 않는 듯 하면서 다 보고 계셨구나.

어려운 말 하나 쓰지 않고 깊은 곳을 찌른다. 어떤 경지에 오른 시인만이 그런 거룩한 살인을 할 수 있다.

1990년대, 마포와 인사동 언저리에서 신경림 선생님과 어울린 적이 있었다. 술자리든 어디서든 언성을 높여 누군가와 다투는 선생님을 본 적이 없다. 한국 문단에서 보기 드문 분이었다.

시집《돼지들에게》를 펴내며 신경림 선생님에게 추천사를 부탁드렸다. 세대는 다르지만 내 시를 편견 없이 봐 주시리라는 믿음이 있었는데, 아름다운 추천사를 주신 선생님께 감사와 존경을 바친다.

곧은 길 가려거든

최치원(崔致遠 857~?)

어려운 때 정좌(正坐)한 채
장부 못 됨을 한탄하나니
나쁜 세상 만난 걸 어찌하겠소.
모두들 봄 꾀꼬리의 고운 소리만 사랑하고
가을 매 거친 영혼은 싫어들 하오.
세파 속을 헤매면 웃음거리 될 뿐
곧은 길 가려거든 어리석어야 하지요.
장한 뜻 세운들 얻다 말하고
세상 사람 상대해서 무엇 하겠소.

— 김수영 옮김

16

당나라로 유학 갔던 최치원이 25세에 쓴 시. 낯선 땅에서 얼마나 험한 꼴을 봤으면 이런 시가 나왔을까. "봄 꾀꼬리"와 "가을 매"의 대비가 절묘하다. 스물다섯 살이면 한창 봄인데, 그대는 어이해 가을 매의 서러운 노래 부르나.

"곧은 길 가려거든 어리석어야 하지요 (원문: 直道能行要自愚)"를 쓰고 4년 뒤에 최치원은 신라로 귀국했다. 나쁜 세상, 어지러운 신라를 구하고자 진성여왕에게 시급히 해야 할 일을 적어 올렸으나, 시무십여조(時務十餘條)는 시행되지 못하고 그는 외로운 구름이 되어 전국을 유람했다.

고운(孤雲) 최치원은 경주 최씨인 나의 오래된 조상이다. 불현듯 해운대에 가고 싶다. 바위에 바닷물이 서럽게 부서지는 소리를 들으며 세상사 잊으련다.

안녕 내 사랑

Bella Ciao(파르티잔 버전)

어느 날 아침 일어나
오, 안녕 내 사랑, 안녕 내 사랑 bella ciao…
어느 아침 일어나
나는 침략자들을 보았지.

오 파르티잔이여, 나를 데려가 주오.
안녕 내 사랑, 안녕 내 사랑 bella ciao…
파르티잔이여, 나를 데려가 주오.
나는 죽음이 다가옴을 느끼고 있어.

내가 파르티잔으로 죽으면
안녕 내 사랑, 안녕 내 사랑 bella ciao…
내가 파르티잔으로 죽으면
그대 나를 묻어주오.

나를 산에 묻어주오.
안녕 내 사랑, 안녕 내 사랑 bella ciao…
나를 산에 묻어주오.

아름다운 꽃그늘 아래

사람들이 그곳을 지나가며
안녕 내 사랑, 안녕 내 사랑 bella ciao…
사람들이 그곳을 지나가며
"아름다운 꽃"이라고 말하겠지.

파르티잔의 꽃이라고,
오 안녕 내 사랑, 안녕 내 사랑 bella ciao…
자유를 위해 죽은
파르티잔의 꽃이라고.

(반복되는 'bella ciao'를 생략했다. 때와 장소에 따라 가사가 조금씩 다르게 불린다. 한글번역은 이탈리아 가사와 영어번역을 참고했다.)

이탈리아에 코로나 봉쇄령이 내려진 2020년 3월, 동영상으로 〈bella ciao〉를 처음 들었다. 버려진 거리, 하루에 수만 명의 확진자가 나오는 비상시국에 집집마다 발코니에 나와 손뼉 치며 따라 부르는 노래. 어? 이게 뭐지? 독일인들도 이탈리아 힘내라며 '차오'를 외쳤다.

'벨라 차오(bella ciao)'는 19세기말 이탈리아 농부들의 노동요인데 2차 세계대전 때 독일군과 싸우던 이탈리아 빨치산들이 가사를 바꿔 부르며 저항 가요가 되었다. 작사자와 작곡자를 모르나 비장한 곡, 애절한 가사가 세계인을 사로잡아 압제에 항거하며 자유를 염원하는 이들의 애창곡이 되었다.

스페인의 TV 드라마 '종이의 집(La Casa De Papel)'에 삽입된 벨라 차오, 2016년 집권 사회당의 정책에 실망해 공화국 광장을 점거한 파리 시민들의 거리 공연(Nuit Debout), 팔레르모의 시위현장을 달구는 벨라 차오. "파르티잔"을 들으며 눈물이 맺힌다. 자유를 위한 싸움, 아직 끝나지 않았다. 내가 죽으면 묻어줄 사람이 있을까?

3월에게 Dear March
에밀리 디킨슨(Emily Dickinson 1830~1886)

3월아, 어서 들어와!

널 보니 얼마나 기쁜지!

전부터 너를 찾았었지

모자는 여기 내려 놔-

너 많이 걸었구나-

숨에 차 헐떡거리네!

3월아, 요새 어떻게 지내?

다른 애들은 어때?

'자연'은 잘 있겠지?

오, 3월아, 나랑 어서 2층으로 올라가자,

너한테 할 말이 아주 많아!

네 편지 잘 받았어, 그리고 네가 보낸 새들도;

단풍나무들은 네가 온 줄 알지 못했는데-

내가 알려주자 얼굴이 얼마나 붉어지던지!

그런데, 3월아, 나를 용서해 줘-

네가 물들여 달라고 부탁한 저 언덕들;

적당한 자주빛이 없어서 그냥 놔뒀어,

네가 떠날 때 (자주색을) 다 가져갔잖아

누가 문을 두드리니? 어머 4월이잖아!
어서 문을 닫아!
나는 쫓기지 않을 거야!
일 년 동안 밖에 나가 있던 사람이
내가 널 맞이하느라 바쁠 때 날 부르네
하지만 네가 오자마자,
하찮은 것들은 정말 하찮아 보여,
비난도 칭찬만큼이나 소중하고
칭찬도 비난처럼 대수롭지 않지.

3월처럼 발랄한 시. 편지 첫 머리에 사용하는 'dear'를 써서 3월을 의인화했다. 발상이 기발하다. 봄이 시작되는 3월. 1년 중 가장 기다려지는 달이 3월이다. 애인보다 친구보다 더 반가운 손님, 겨우내 움츠러들었던 몸과 마음이 3월을 보고 얼마나 기뻤으면 혼자 말을 걸었을까. 모자를 벗어 내려놓고 가쁜 숨을 쉬는 3월에게 '할 말이 아주 많으니 어서 2층으로 올라가자'고 재촉하는 시인이 귀엽다.

　시인은 계속 3월에게 이야기하는데, 3월은 말이 없다. 보이지 않지만 마치 앞에 두고 말하듯 생생한 대사와 느낌표를 통해 우리는 3월의 존재를 느낄 수 있다. 대단한 시적 능력. 19세기 미국을 대표하는 문학적 상상력이라 할 만하다.

춥고 을씨년스러운 겨울을 끝장내려 3월이 오는데, 사랑하는 님이 왔는데 다른 것들이 뭐 대수로우랴. 네가 오자마자 비난도 하찮고 심지어 칭찬마저 하찮게 여겨진다는 고백. 경쾌하게 시작된 시의 마지막을 지긋이 눌러주는 솜씨 또한 대가답다. 이런 시를 쓴 사람이 생전에 시집을 한 권도 내지 않았다니. 이름이 알려지지 않았기에 순수함을 유지했고, 그래서 이 세상 어디에도 없는 시가 나오지 않나.

바다와 나비

김기림(金起林 1908~?)

    아무도 그에게 수심(水深)을 일러 준 일이 없기에 흰 나비는 도무지 바다가 무섭지 않다

    청(靑)무우밭인가 해서 나려갔다가는 어린 날개가 물결에 절어서 공주(公主)처럼 지쳐서 돌아온다

    삼월달 바다가 꽃이 피지 않아서 서글픈 나비 허리에 새파란 초생달이 시리다

선명한 이미지, 절제미가 뛰어난 작품이다. 영문학을 전공한 김기림이 일제강점기에 이처럼 우리말의 맛을 잘 살리면서도 현대적인 시를 썼다. 처음 시를 읽었을 때 〈바다와 나비〉는 내게 공주의 노래였다. "공주처럼 지쳐서"가 없었다면 시를 읽는 맛이 덜했을 것이다. 바다가 얼마나 깊은지 모르고 철없이 나대다 물결에 흠뻑 젖어 돌아온 나비의 좌절을 이보다 잘 표현할 수 없다.

날개가 젖은 나비가 다시 날 수 있을까? 다시 읽으니 심상치 않다. 그 바다는 일본 유학생이었던 김기림이 건넌 현해탄. 나비는 일본과 조선을 오가며 좌절한 식민지 지식인으로 이해할 수도 있겠다. 여러 방향으로 해석이 가능하지만, 나는 이 시를 가혹한 현실에 좌절한 예술가의 자화상이 아니라, 그냥 바다와 나비의 이야기로 읽고 싶다. 바다를 모르는 나비는 물결에 흠뻑 젖어가면서 바다를 배울 수밖에.

참고문헌 없음

이성미(1967~   )

거리,

소리 내어 말하면 회색 길이 나타난다. 나는 회색 보도블록 위를 걷는다. 거리,

라고 다시 말하면, 사람이 서 있다. 나는 사람과 사람 사이의 공간을 본다.

내가 원하지 않을 때 좁혀지는 거리, 나는 위협을 느끼고 거리 밖으로 달려 나간다.

거리,

사건과 사건 사이의 거리. 길고 긴 시간이었다가 공백이었다가 무덤이었다가 엉켜서 똘똘 뭉친 털실 뭉치였다가 사라지는, 남아있는, 사건과 일상 사이의 거리.

사건과 인지 사이의 거리,

인지와 발화 사이의 거리,

그 거리에 대해서,

나는 없던 입이고, 지워진 입이고, 처음 생겨난 입이고, 더듬거리는 입이고, 소리치는 입이고, 지금은 독백을 중얼거리는 입이다.

나는 잘못하지 않았다. 나는 잘못한 것이 아니다. 내가 잘

못한 것이 아니다.

발화 이후

저 문장은 어디로 가야 하지. 누구에게 닿는 것이지.

공기 속으로 흩어지나. 햇빛에 증발할 건가. 다시 내 몸속으로 들어와야 하나.

저 문장은 어딘가로 가서 완성되어야 한다. 그것이

저 문장을 들은 사람들이 할 일.

지금은 독백이 공허하게 울리며, 독백에 독백이 더해지는 중이다.

#문단_내_성폭력에 대해 지속적으로 문제제기를 했던 이성미 시인의 묵직한 산문시. 제목인 "참고문헌 없음"은 지금까지 문학계에서 여성의 목소리를 삭제해온 문헌들에 맞서 여성의 입으로 스스로의 이야기를 시작한다는 의미를 담고 있다.

　내가 원하지 않을 때 좁혀지는 거리에서 폭력이 발생한다. 위협을 느끼고 거리 밖으로 달려 나가 "내가 잘못한 것이 아니다"라고 마침내 발화하기까지 긴 시간을 속도감 있게 잘 그렸다.

그녀의 고백을 들은 사람들이 할 일을 하지 않고 피해자를 피해자로 인정하지 않아 사회를 혼란에 빠뜨리고 있다. 가해자와 피해자의 서사 투쟁은 지금도 계속되고 있다. 우리가 귀 기울여 듣는다면 어떤 독백도 공허하지 않다. 우리 사회는 #MeToo 이전으로 되돌아갈 수 없다. 여성들이 말하기 시작했기 때문이다.

독을 품은 나무 A Poison Tree

윌리엄 블레이크(William Blake 1757~1827)

나는 내 친구에게 화가 났어;
친구에게 분노를 말했더니 분노가 사라졌지.
나는 나의 적에게 화가 났지만;
말하지 못해 분노가 자라났지.

그래서 무서워 나의 분노에 물을 주었지
밤에도 낮에도 눈물을 뿌렸지
그리곤 웃으며 분노의 나무를 햇볕에 말렸어
부드럽게 적을 속이는 함정이었지.

낮에도 밤에도 나무가 자라서
밝은 사과 한 알이 맺혔어.
나의 적이 빛나는 사과를 보더니,
그게 내 것임을 알아차렸지 뭐야.

밤의 장막이 드리워졌을 때,
그는 내 정원에 몰래 들어왔지;
다음날 아침, 나무 아래 뻗어있는
나의 적을 발견하곤 아주 기뻤지.

화가 났을 때 화가 났다고 말할 수 있어야 친구. 화가 났는데도 화를 표현하지 못하면 마음은 병들고 언젠가 폭발한다. 친구 사이, 연인이나 부부 혹은 직장에서도 상사나 동료에게 느끼는 분노를 적절히 말로 표현해야 건강한 관계를 유지할 수 있다.

시를 지배하는 사과의 이미지는 구약의 선악과를 연상시킨다. 빛나는 사과를 탐내 몰래 남의 정원에 들어왔으니 탐욕에 대한 대가를 그는 치러야 한다.

〈독을 품은 나무〉가 《순수와 경험의 노래들》에 수록된 해는 1794년, 프랑스 혁명의 이념에 시로 응답한 블레이크.

그로부터 200여 년이 지나 코로나바이러스가 유행하며 침묵을 강요당하는 사람들. 집에 있는 시간이 길어지며 가정폭력이 늘고 어린아이와 여성들이 학대당하고 있다. 미얀마, 러시아, 예루살렘에서 독재자들이 극성을 부리지만 사악한 권력은 오래 가지 못하리.

누가 하늘을 보았다 하는가

신동엽(申東曄 1930 ~ 1969)

누가 하늘을 보았다 하는가
누가 구름 한 송이 없이 맑은
하늘을 보았다 하는가.

네가 본 건, 먹구름
그걸 하늘로 알고
인생을 살아갔다.

네가 본 건, 지붕 덮은
쇠항아리,
그걸 하늘로 알고
일생을 살아갔다.

닦아라, 사람들아
네 마음속 구름
찢어라, 사람들아,
네 머리 덮은 쇠항아리.

아침 저녁
네 마음속 구름을 닦고
티 없이 맑은 영원의 하늘
볼 수 있는 사람은
외경을
알리라

아침 저녁
네 머리 위 쇠항아릴 찢고
티 없이 맑은 구원의 하늘
마실 수 있는 사람은

연민을
알리라
차마 삼가서
발걸음도 조심
마음 아모리며.

서럽게
아 엄숙한 세상을
서럽게
눈물 흘려

살아가리라
누가 하늘을 보았다 하는가,
누가 구름 한 자락 없이 맑은
하늘을 보았다 하는가.

4월이면 생각나는 신동엽. 4월 혁명을 온몸으로 느끼고 온몸으로 증언했던 시인. 먹구름을 하늘로 알고 살아가는 사람들에게 시인은 명령한다. 네 마음 속 구름을 닦고, 네 머리 덮은 쇠항아리를 찢으라고.

　"지붕 덮은 쇠항아리"는 총칼로 국민을 통치하던 독재자, 4·19로 들어선 민주정부를 쿠데타로 짓밟은 군사정권, 혹은 우리를 지배하는 자본과 문명의 단단한 껍질로 읽힐 수도 있다. 먹구름은 진실을(하늘을) 보는 것을 가로막는 시대의 혹은 개인의 허위의식일 수도 있겠다. 자칫 교훈적일 수 있는 '닦아라' '찢어라' 같은 명령형 어미들이 독자들을 짓누르지 않고 오히려 시원한 청량감을 선사한다.

혼자 웃다 獨笑
정약용(丁若鏞 1762~1836)

양식이 있으면 먹어줄 자식 없고
아들이 많으면 주릴까 근심하네

높은 벼슬 한 사람 어리석기 마련이고
재주 있는 사람은 그 재주 펼 데 없네

한 집안엔 완전한 복 드문 법이고
지극한 도(道) 언제나 무너져 버리네

애비가 검소하면 자식이 방탕하고
아내가 영리하면 남편이 어리석네

달이 차면 구름을 자주 만나고
꽃이 피면 바람이 불어 날리네

모든 사물 이치가 이와 같은데
아는 사람 없음을 홀로 웃노라

―송재소 옮김

1804년 7월에 유배지 강진에서 쓴 시인데, 창작된 때와 장소를 안다는 게 놀랍다. (내가 죽은 뒤 '공항철도'가 언제 쓰였는지 사람들이 알까?) 자신을 총애하던 정조가 죽은 뒤 마흔세 살 팔팔한 학자의 절망이 "그 재주 펼 데 없네"에 숨어 있다.

　6행의 원문은 "至道常陵遲"인데 지도(至道)가 뭘 의미하는지? 궁극의 도리? 능지(陵遲)는 구릉이 세월이 지나며 평평해진다는 뜻. 한때 최선이었던 길, 지극한 사상도 시간이 지나면 쇠퇴한다.

　다산의 시는 음풍농월에 머물지 않는다. 사회와 인생의 모순을 정확하게 묘사한 시와 산문, 그 치열한 사실주의를 나는 사랑한다. 오백 권에 이르는 그의 저술 중에 살아남은 건, 시와 산문뿐이지 않은가. 목민심서 등 사상서들이 당대에 활용되었는지? 그의 가르침을 따랐다면 조선이 망하지 않았겠지. 실사구시적으로 말해, 현실에 적용되지 못하는 사상이 무슨 소용이란 말인가. 아무리 훌륭한 논리도 시간이 지나면 썩고, 푸른 것은 오월의 나무뿐인걸.

참으로 아름다운 오월

Im wunderschönen Monat Mai

하인리히 하이네(Heinrich Heine 1797~1856)

참으로 아름다운 오월,
모든 꽃봉오리 피어날 때,
나의 가슴 속에도
사랑이 싹텄네.

참으로 아름다운 오월,
모든 새들이 노래 부를 때,
나의 그리움과 아쉬움
그녀에게 고백했네.

—김광규 옮김

나의 학창시절 일기장 겸 시화집에 적혀있는 시를 꺼내어 다시 본다. 고등학생인 내가 어디서 옮겼는지 모르는 하이네의 〈5월〉.

　대학생이 되던 1980년에 5월을 잃어버렸기에, 돌아오지 않는 청춘의 연가가 더 가슴에 사무친다. 한 번 놓친 사람은 다시 찾을 수 없고, 찾는다 해도 그 시절로 돌아갈 수 없다. 그러니 지금 사랑하라! 사랑하다 고꾸라지더라도 시궁창에 빠지더라도 사랑하라. 실연만큼 아름다운 아픔이 또 있던가.

사랑

김수영(金洙暎 1921~1968)

어둠 속에서도 불빛 속에서도 변치 않는
사랑을 배웠다 너로 해서

 그러나 너의 얼굴은
어둠에서 불빛으로 넘어가는
그 찰나에 꺼졌다 살아났다
너의 얼굴은 그만큼 불안하다

번개처럼
번개처럼
금이 간 너의 얼굴은

그의 대표작인 〈풀〉〈푸른 하늘을〉보다 나는 이 작은 소품에 더 끌린다. 운율이 있어 읽으면 흥이 나고, 간결한 시어들이 포개져 마지막에 번개처럼 갈라지며 독자의 가슴을 찢는 '금이 간 얼굴'. 어둠 불빛 그리고 얼굴과 번개의 이미지만으로 만든 연애시.

"욕망이여 입을 열어라"로 시작하는 〈사랑의 변주곡〉이 자유와 인류애를 노래했다면 〈사랑〉은 '너'가 분명한 연애시. 때가 되면 번개처럼 금이 가더라도 그 찬란한 빛을 한 번이라도 통과한 얼굴은 행복하지 않을까.

내가 가끔 가던 일산의 식당 벽에 김수영의 그 유명한 러닝셔츠 사진이 걸려있었다. 난닝구만 입어도 멋있는 사람. 김수영 시인의 부인 김현경 여사를 출판사에서 뵌 적이 있다. 《김수영의 연인》을 재미있게 읽은 게 책 홍보로 이어져 김현경 선생님으로부터 장욱진의 판화를 선물 받았다. 고맙다는 인사를 소설 쓰느라 연애하느라 바빠 못한 것 같다. 김 선생님 댁에 같이 놀러가기로 했던 남자친구와 나는 갈라졌다. 우리의 사랑은 거기까지였다.

새로운 길

윤동주(尹東柱 1917~1945)

내를 건너서 숲으로
고개를 넘어서 마을로
어제도 가고 오늘도 갈
나의 길 새로운 길

민들레가 피고 까치가 날고
아가씨가 지나고 바람이 일고

나의 길은 언제나 새로운 길
오늘도… 내일도…

내를 건너서 숲으로
고개를 넘어서 마을로

지금은 보기 힘든 평화로운 농촌 풍경. 내를 건너 고개를 넘어서 민들레와 까치를 지나 "아가씨가 지나고"에서 나는 멈추었다. 아가씨가 없으면 더 평온하고 그래서 심심한 전원시가 되었겠지만, 아가씨가 들어가서 시가 살았다. 더 역동적이고 현대적인 속도감 있는 시행의 배치도 세련되었다. 그의 대표작인 〈서시〉 〈별 헤는 밤〉과는 조금 다른 정서, 이처럼 단순한 시를 쓰고 다듬으며 시인이 느꼈을 기쁨이 내게 전해졌다. 그때나 지금이나 우리를 위로하는 건 자연.

　연희전문 문과에 갓 입학해 기숙사 생활을 하며 행복했던 1938년 5월에 〈새로운 길〉이 나왔다. 최현배에게 조선어 강의를 듣고 민족문화의 소중함을 확인하던 흔적이 시에 배어 있다. 우리말, 우리 강산에 대한 애정. 외래어 외국어가 한 자도 들어가지 않고 순수한 우리말로 지은 시가 이렇게 아름답다.

어떤 이들은 기병대가…

사포(Σαπφώ 기원전 620년경~570?)

어떤 이들은 기병대가, 어떤 이들은 보병대가
또 어떤 이들은 긴 노를 도열한 함대가
검은 대지 위에서 가장 아름답다 말하지만
내겐 사랑하는 이가 가장 아름다워.

이걸 입증하는 건 쉬운 일.
세상에서 가장 아름다운 여자 헬렌이,
명예롭지 못한 트로이 남자에게 가려고
누구보다 훌륭한 남편을 버리지 않았나?

사랑이 그녀를 타락시켜;
자신의 딸과 부모와 가족을 잊어버리고
멀리 가벼운 마음으로 떠돌았지

그러니 아낙토리아여,
친구들과 떨어져 있어도 우리를 잊지 마
나는 리디아의 화려한 전차와 중무장한
보병대보다 빛나는 그대의 눈을 보고 싶어
그대의 가벼운 발걸음을 듣고 싶어.

사포는 서양 역사에 자신의 이름을 남긴 최초의 여성 시인이다. 그리스의 레스보스 섬에서 태어나 어린 소녀들에게 시와 노래 춤을 가르치며 살았다.

　지구상에서 가장 아름다운 건 화려하게 치장한 기병대 혹은 보병대라고 사람들은 말하지만, 내 눈엔 사랑하는 이가 가장 아름다워. 무엇이 '가장' 어떻다는 표현이 반복되는데, 경쟁하기를 즐겼던 당시 그리스 문화를 엿볼 수 있다. 사랑의 힘을 말한 뒤, 이를 풍자하려는 산서를 내는 섯노 철학과 논리를 사랑했던 그리스의 시인답다.

　시에서 사포가 찬미하는 것은 그가 아니라 아마도 자신이 가르쳤을 아낙토리아(Anaktoria)이다. 자신의 동성애 성향을 시로 표현했던 사포가 태어난 레스보스 섬의 이름을 따서 여성 동성애자들을 레즈비언(Lesbian)이라 부르게 되었다.

이브의 딸 A Daughter Of Eve

크리스티나 로제티(Christina Rossetti 1830~1894)

한낮에 잠들어, 으스스한 밤에
쓸쓸하고 차가운 달빛 아래
깨어난 나는 바보였네.
내 장미를 너무 일찍 꺾어버린,
내 백합을 부러뜨린 바보.

내 정원을 나는 지키지 못했네.
시들어 완전히 버림받은 뒤에야,
한 번도 울어본 적 없는 듯 우네.
오 잠들었을 때는 여름이었는데,
깨어나 보니 겨울이네.

미래의 봄과 햇살 따사로운
즐거운 내일을 얘기한들 뭣하리:
희망이며 이것저것 다 사라져,
웃지도 못하고, 노래도 못하고,
슬픔에 잠겨 나 홀로 앉아 있네.

이보다 슬픈 시를 본 적이 없다. 제목부터 기막히다. '이브의 딸'이라니. 왜 그녀가 페미니스트들에 의해 재평가되는지 알겠다. 자신을 가두는 여성을 분명히 인식했던 그녀. 제목에 '이브'가 나오니까 2연의 '정원(garden)'은 에덴동산(garden of Eden)이 아닐까.

　크리스티나의 아버지도 시인이었고, 오빠는 라파엘 전파 시인이자 화가인 단테 가브리엘 로제티다. 문학과 예술을 갖고 놀던 크리스티나의 봄과 여름은 얼마나 아름다웠을까. 당대의 예술가들이 그녀의 집을 드나들었고, 세 차례의 청혼을 종교가 다르다는 이유로 거절하고 중년에 갑상선 질환을 앓으며 집안에 틀어박혀 고립된 삶을 살았다는데 오직 시만이 그녀의 탈출구였으리.

6월의 언덕

노천명(盧天命 1912~1957)

아카시아꽃 핀 6월의 하늘은
사뭇 곱기만 한데
파라솔을 접듯이
마음을 접고 안으로 안으로만 듣다

이 인파 속에서 고독이
곧 얼음 모양 꼿꼿이 얼어 들어옴은
어쩐 까닭이뇨

보리밭엔 양귀비꽃이 으스러지게 고운데
이른 아침부터 밤이 이슥토록
이야기해볼 사람은 없어
파라솔을 접듯이
마음을 접어 가지고 안으로만 듣다

장미가 말을 배우지 않은 이유를
알겠다
사슴이 말을 안 하는 연유도

알아 듣겠다

아카시아꽃 핀 6월의 언덕은

곱기만 한데—

아카시아 꽃 보지 못한 지 한참 되었다. 세검정 골짜기에 울창한 아카시아 잔가지를 손으로 툭툭 건드려 꺾으며, 누구 것이 잎이 많이 달렸나? 친구와 내기를 하며 산길을 내려왔다. 아카시아 우거진 학창 시절 친구를 만나고 돌아오는 길에 서점에 들러 노천명의 《사슴의 노래》를 샀다.

1958년 한림사 초판본을 그대로 인쇄한 표지가 멋스럽다. 여성 시인이 드물고 귀히던 일제강점기, 봉건제와 가부장제가 엄존하던 조선에서 자신의 손으로 글을 써서 먹고 살았던 여성. 글을 쓰는 여성이 드물어 시인 앞에 '여류'가 따라붙었고 대중들에게 여류는 작품보다 사생활이 더 관심의 대상이었다. 독신으로 살다 46세에 숨지기 전날에도 병원비를 벌려고 신문에 시를 발표했던 노천명.

한자투성이에 한글 세로쓰기가 낯설어 영어시집보다 더 읽기 어려웠던 그의 유고 시집의 뒤에 붙은, 시인의 가족이 쓴 것으로 짐작되는 후기는 "저의 아주머니께서"로 시작한다. "아주머니의 그 짧었든 일생애의 후반은 더욱 불행한 것이었습니다."

이야기할 사람이 없어 갈매는 말을 배우시 않았나. 소용한 비명이 페이지마다 쌓여 있는 시집을 덮고 내 입에서 나온 말: 시인이 되지 않았다면 더 행복했을까.

기억하는가

최승자(崔勝子 1952~)

기억하는가
우리가 처음 만나던 그 날.
환희처럼 슬픔처럼
오래 큰물 내리던 그 날.

네가 전화하지 않았으므로
나는 잠을 이루지 못했다.
네가 다시는 전화하지 않았으므로
나는 평생을 뒤척였다.

"환희처럼 슬픔처럼"이라고 최승자 시인이 썼듯이, 사랑의 환희 속에 이별의 예감, 혹은 두려움이 1g은 들어있지 않나? 서로 사랑해 행복해 죽겠다는 시 중에 세계의 명시가 있는지? "같이 있으면 잠을 못 자. /곁에 없으면 잠이 안 와."라고 읊은 나의 시 〈연인〉이 있기는 하다.

　강남의 어느 사무실에서 최승자 선생을 뵌 적이 있다. 너그럽고 시심이 없는 분이 있는데 그 내 소식을 듣지 못했나. 아프셨다 다시 세상 밖으로 나왔다는 기사를 읽고 기뻤다. 시인이여. 밥 잘 챙겨 드시고 아기처럼 편히 주무시기를.

소네트 Sonnet 66: 이 모든 것에 지쳐…

셰익스피어(William Shakespeare 1564~1616)

이 모든 것에 지쳐 휴식같은 죽음을 원하니,
가치 있는 사람이 가난하게 태어난 걸 보고
아무것도 아닌 것이 요란하게 치장하고
순수한 신의는 불행하게도 배반당하고
황금빛 명예는 부끄럽게도 잘못 주어지고
순진한 처녀는 함부로 매춘에 내몰리고
올바른 완성은 부당하게 망신당하고
힘은 모자란 것의 방해를 받아 불구가 되고
예술은 권력에 혀가 묶였고
바보가 박사인 양 능숙한 기술을 통제하고
단순한 진실이 평이한 것이라 잘못 불리고
포로가 된 선이 사악한 통치자에 봉사하고
이 모든 것에 지쳐, 세상을 떠나고 싶어
내가 죽어 그대를 홀로 남겨두지 않는다면

어느 시대, 어느 곳에나 만연한 불공정을 비판한 소네트 (Sonnet: 14줄의 운을 맞춘 시). 셰익스피어도 부당하게 망신 당한 적 있고, 그의 예술도 평이한 작품으로 오해받았다니. 약간 의 위로가 된다.

세상사에 지쳤으나 아직 세상을 비판할 힘은 남아있어, 소네 트 66처럼 인상적인 작품이 나왔다. 5줄은 엉뚱한 사람에게 돌 아간 명예를 풍자하고, 7줄의 "올바른 완성"은 훌륭하게 완성된 예술 작품을 가리킨다. 9줄은 권력에 의해 침묵을 강요 당한 예 술을 한탄한다.

요즘의 예술가를 옥죄는 것은 권력보다 권위. 눈에 보이는 권 력의 탄압은 없지만 문학잡지의 편집위원이자 교수이며 문학상 심사위원인 그들의 심사를 건드리면 당신의 미래는 없다. 대중 이 인정하는 문학상을 타지 못하면 아무나 당신을 찌르고 작품 을 폄하해 반박하느라 입만 더러워진다.

루바이 Rubái 71

오마르 하이얌(Omar Khayyám 1048~1131?)

움직이는 손가락은 쓴다, 썼다.

네 아무리 기도를 바치고 재주를 부린들,

되돌아 한 줄도 지울 수 없지.

네 아무리 눈물 흘린들 한 단어도 씻어낼 수 없지

오마르 하이얌의 루바이(Rubái : 페르시아어로 4행시를 말함) 그 도저한 허무를 어떻게 해설할지, 손가락이 떨린다. 루바이 71은 쓰는 행위 자체를 소재로 삼은 특이한 시. 하이얌의 시대에는 잉크와 펜으로 글을 썼고 '화이트' 같은 지우개는 없었다. 한번 쓴 뒤에 지울 수 없는 글. 한번 지나가면 지울 수 없는 인생, 눈물을 흘려봤자 한 시간도 씻어버릴 수 없다. '쓴다-썼다'로 이어지는 시세의 변화도 흥미롭다. 어떻게 천 년 전에 이런 무더한 시를?

　페르시아의 천문학자 시인 오마르 하이얌에게 서양인들은 열광했다. 연설 중에 "Moving finger writes and having writ"를 인용하던 빌 클린턴 대통령. '움직이는 손가락'은 아가사 크리스티의 추리 소설 제목으로도 쓰였다.

루바이 Rubái 96
오마르 하이얌(Omar Khayyám 1048 ~ 1131?)

아, 장미꽃 시들며 봄날은 사라지고
젊음의 향기 짙은 책장도 닫혀야 하네
나뭇가지 위에서 노래하던 나이팅게일,
어디서 와서 어디로 날아갔는지!

가볍고 나른한 4행시. "젊음의 향기 짙은 책장"이라니. 얼마나 멋진 표현인가. 어느 날 내 시야에서 사라진 새를 생각하며 나도 시를 썼다.

"새 한 마리가 나를 부른다.

이 외로운 행성의 어딘가에서 또 만나자고"

(최영미 「파리의 지붕 밑」)

술 노래 A Drinking Song

예이츠(W. B. Yeats 1865~1939)

술은 입으로 들어오고
사랑은 눈으로 들어온다;
우리 늙어 죽을 때까지
알아야 할 진실은 이것뿐.
술잔을 들어 내 입술로 가져가며
그대를 바라보고, 나 한숨짓노라.

Wine comes in at the mouth
And love comes in at the eye;
That's all we shall know for truth
Before we grow old and die.
I lift the glass to my mouth,
I look at you, and I sigh.

젊은 날, 술자리에서 흥이 오르면 소리내어 암송했던 예이츠의 술 노래. "입으로(at the mouth)" "눈으로(at the eye)" 1행과 2행이 대구를 이루고 "comes in"이 반복되어 노래가 되었다. 마지막 행에 나오는 '그대'는 예이츠가 평생 사랑했던 모드 곤이리라. 술과 사랑의 진실을 이토록 간결하게 묘파하다니. 20세기가 낳은 가장 뛰어난 시인이라는 찬사가 괜히 나온 게 아니다.

우리가 늙어 죽을 때까지 알아야 할 진실이 어찌 이것뿐이랴. 그러나 이렇게 사랑에 죽고 사는 시인이 나는 좋다.

그녀 없이 행복할 수 없다는 예이츠의 말에 모드 곤은 이렇게 대답했다지. "아, 그래 당신은 당신이 말하는 그 불행으로부터 아름다운 시를 만들지. 그래서 그 시를 보며 당신은 행복하지. 결혼은 따분한 일이야. 시인은 결혼하면 안 돼. 당신과 결혼하지 않은 것에 대해 전 세계는 내게 고마워해야 해."

시드는 풀 (何草不黃)

이기동 옮김

시들지 않는 풀이 어디 있으며
흐르지 않는 세월 있으랴마는
어느 누구 할 것 없이 끌려나와서
사방으로 부역하며 돌아다니네

마르지 않는 풀이 어디 있으며
불쌍하지 않은 사람 있으랴마는
참으로 불쌍하다 우리 군사들
사람으로 사람대접 받지 못하네

코뿔소 아닌가 범이 아닌가
광야를 서성이며 다니는 것들
불쌍도 하여라 우리 군사들
아침저녁 잠시라도 쉬지 못하네

꾀 많고 텁수룩한 여우 한 마리
무성한 저 풀밭을 오고 가는데
판자로 만들어진 짐수레 끌고
덜컹덜컹 한길을 끌고 다니네

중국의 시문학은 주초(週初)에서 춘추시대 약 500년간 황하
강 지역의 노래가사를 모은《시경詩經》에서 시작되었다. 옛날에
는 시를 채집하는 관리가 있었고, 백성들의 시를 보며 왕이 풍속
을 알고 스스로 잘못을 바로잡았다는 기록이 있다. 참으로 지혜
롭지 않은가.

　채시관(采詩官)들이 모은 시가 3천여 편 되었는데 공자가
300여 편으로 골라 중국 최초의 시집인《시경》을 편찬했다. 시
경은 각국의 민요를 모은 국풍(國風), 사대부 음악인 아(雅), 종
묘 제사 때 연주하던 송(頌)으로 구성되었다. 남녀의 사랑이나
고향에 대한 그리움을 소박하게 노래한 국풍,〈여우가 서성이네
有狐〉처럼 원초적인 시를 좋아하나 너무 적나라해 소개하지 못
하겠다. 아(雅)는 소아(小雅)와 대아(大雅)로 나뉘는데,〈시드는
풀〉은 소아에 수록되었다.

　시들지 않는 풀이 어디 있으며, 불쌍하지 않은 사람 어디 있
으랴. 5행 '何草不玄'과 6행 '何人不矜'의 대구가 멋지다. 광야를
서성이는 코뿔소와 범은 적보다 무서운 감독관 아닌가. 나라를
지키는 젊은이들과 한국전쟁 참전용사를 생각하는 6월의 저녁.

이소 離騒

굴원(屈原 기원전 353?~278?)

저는 아름다운 것에만 얽매여 아침에 충언을 올렸다가 저녁에 버림받았습니다(중략) 세상은 어지럽고 종잡을 수 없으니 제가 어찌 이곳에 오래 머물 수 있겠습니까? 난초와 백지(白芷)는 동화되어 더 이상 향기롭지 않고, 창포菖蒲와 혜초도 보잘 것 없는 억새풀이 되었습니다. 예전의 향기로운 풀들이 지금은 어찌 저 냄새나는 쑥이 되었습니까? (중략)

난초는 믿을 수 있다고 여겼건만 어찌 속은 비고 겉만 아름다운 것입니까? 그 아름다움을 버리고 세속의 무리들을 따릅니다. 향기로운 화초들 속에 구차하게 끼고자 말입니다. 화초는 전횡을 일삼고 아첨하며 오만방자하게 굴고 또 수유茱萸(나무 이름)는 사람들이 차는 향주머니에 들어가고자 합니다. 위로 올라가려고만 하니 그 향기로움을 어떻게 퍼뜨릴 수 있겠습니까? 시속이란 본시 대세를 따르는 것이니 누가 변하지 않을 수 있겠습니까? (후략)

—권용호 옮김

〈이소(離騷)〉는 춘추 전국시대 초나라의 정치가이며 중국 최초의 시인이라고 알려진 굴원屈原의 대표작이다. 총 375개의 구에 2,490 글자로 이뤄진 장편시의 제목인 이소(離騷)는 "근심을 만나다" 혹은 "이별과 근심"의 의미를 담았다.

　"저는 하늘의 신 고양(高陽)의 후손"으로 시작하는 〈이소〉는 높고 아름답게 태어나 왕을 보필하다 모함을 받고 쫓겨난 굴원 자신의 처지를 구구절절 읊는다. 자신을 버린 님(왕)에 대한 사랑과 원망이 너무 진해 쓰고 또 써도 눈물이 사라지지 않는다.

　이소의 마지막은 "이제 그만 하리! 이 나라에는 알아주는 사람 없으니 고국에 무슨 미련을 두리. 훌륭한 정치를 함께 할 사람이 없으니 나는 팽함이 있는 곳으로 가리라."로 끝난다. 팽함(彭咸)은 은나라의 충신으로 임금에게 직간했다 듣지 않자 물에 빠져 죽었다. 초나라가 망했다는 소식을 듣고 굴원은 멱라강에 투신해 죽었다.

목욕하는 사람아 沐浴子

이백(李白 701~762)

향수로 머리 감았다 해서
갓 티끌 튕기지 말 것이며,
난초 담근 물로 몸 씻었다 해서
옷 먼지 털지는 마소.
사람 사는 세상
지나친 결백은 삼가하나니,
도에 지극했던 사람들
제 본색 감추기를 귀히 여겼더라네.
창랑(滄浪) 물가에 고기 낚던 이 있었다니,
내사 그이나 찾아 가려네.

— 이병한 옮김

이백의 시들을 읽다가 술 타령 달 타령에 염증이 나, 술이 나오지 않는 시를 찾다 〈목욕하는 사람아〉를 발견했다.

"새로 머리를 감은 자는 반드시 갓의 먼지를 털고, 새로 몸을 씻은 자는 반드시 옷의 티끌을 턴다"는 굴원(屈原)의 어부사(漁父辭)를 되받아치며 이백은 지나친 결백을 삼가고 본색 감추기를 귀히 여기라고 말한다.

창랑(滄浪: 한수이강의 지류)에 고기 낚던 이는 굴원과 대화를 나누던 어부. 고결한 몸에 세속의 먼지를 묻히지 않겠다는 굴원에게 "창랑의 물이 맑으면 갓끈을 씻고, 창랑의 물이 흐리면 발을 씻는다"는 노래를 남기고 어부는 사라졌다. 청렴결백을 자랑 말고 세상에 따라 변하라, 깨끗함에 집착하지 말라는 깊은 뜻 아니던가. 지나친 결백은 나에게도 불편하고 타인에게도 불편하다.

강촌 江村

두보(杜甫 712~770)

마을을 안아 강이 흐르는데

긴 여름의 대낮 한가롭기만!

제비는 멋대로 처마를 나들고

갈매기는 가까이 가도 날아갈 줄 모른다

할멈은 종이에 바둑판을 그리고

애놈은 바늘을 두들겨서 낚시를 만들고 있다

병 많은 몸 요긴키는 오직 약이니

이 밖에야 무엇을 또 바라랴?

淸江一曲抱村流

長夏江村事事幽

自去自來堂上燕

相親相近水中鷗

老妻畫紙爲碁局

稚子敲針作釣鉤

多病所須唯藥物

微軀此外更何求

—이원섭 옮김

한가로운 여름 한낮의 정취를 담담하게 묘사한 한폭의 그림 같은 시. 2행의 '사사유(事事幽)'도 기막히다. 事를 겹쳐놓아 한가로움을 강조하며 동시에 7언을 완성했다. 3행의 '自去自來'와 4행의 '相親相近'의 대구도 멋지다. 혼자 왔다 혼자 가는 제비. 혼자 왔다 혼자 가는 인생. 언뜻 심심한 듯하나 두보의 강촌은 볼수록 절경이 펼쳐진다.

　늙어서는 이런 시를 쓰지 못한다. 산전수전 다 겪고 기름기가 쫙 빠진 '미친 듯 ㅁ(狂狷)'이 쓴 노름 동생. 두보의 시에 흔한 굶주림과 추위가 등장하지 않아 마음이 가볍다가 7행의 "병 많은 몸"에 이르러 뒤통수를 맞았다. 정강이를 못 가리는 짧은 옷을 입고 얼어터진 손발로 산에서 도토리를 주우며 모진 목숨 이어가다 슬픈 노래만을 남기고 그는 길에서 쓰러졌다. 사후에 그에게 쏟아진 영광이야 말해 무엇하리.

음주 飲酒 (제9수)
도연명(陶淵明 365~427)

맑은 아침에 문 두드리는 소리 듣고

허겁지겁 옷 뒤집어 입고 나가 문을 열어

그대 누구인가 묻는 내 앞에

얼굴 가득 웃음 띤 농부가 서 있다

술단지 들고 멀리서 인사 왔다 하며

세상을 등지고 사는 나를 나무란다

남루한 차림 초가집 처마 밑에 사는 꼴은

고아한 생활이라 할 수 없노라고

온 세상 사람 모두 같이 어울리기 좋아하거늘

그대도 함께 흙탕물을 튀기시구려

노인장의 말에 깊이 느끼는 바 있으나

본시 타고난 기질이 남과 어울리지 못하노라

말고삐 틀고 옆길로 새는 법 배울 수도 있으나

본성을 어기는 일이니, 어찌 미망(迷忘)이 아니리요?

자, 이제 함께 가지고 온 술이나 마시고 즐깁시다

나의 길은 절대로 되돌릴 수 없겠노라

—장기근 옮김

묻고 대답하는 문장의 내용이 굴원의 〈어부사(漁父辭)〉를 연상시킨다.

　"사람들은 다 취해 있고 나 혼자 깨어있다"고 말한 굴원과 달리 "술이나 마시고 즐기자"는 도연명. 친구들 웃음거리로나 삼고자 한다며 음주 시 20수를 지었다.

　도연명에게는 세상과 자신을 웃어넘기는 여유가 있었다. 얼니 깃이 그니었으면 문 두드리는 소리에 옷을 뒤십어 입고 대문간에 나가나? 작은 벼슬에 나갔다 은퇴하기를 반복하다 굶어 죽어도 본성에 어긋나는 벼슬살이 못하겠다며 41세에 귀거래사(歸去來辭)를 짓고 고향으로 돌아온 시인.

　부유해도 마음은 육체의 노예, 가난해도 마음은 육체를 벗어나지 못한다. 농사를 지어 5명이나 되는 아이들을 부양하며 추위와 배고픔에 시달리다 62세에 죽은 도연명.

금산사에 걸려있는 내 초상화에 쓴 시

自題 金山畵像

소동파(蘇東波, 蘇軾 1037~1101)

마음은 이미 재가 된 나무같이 식었고
육신은 매이지 않은 배처럼 자유롭네
너의 평생 공적이 무엇이더냐?
황주 혜주 그리고 담주뿐이네.

心似旣灰之木
身如不繫之舟
問汝平生功業
黃州惠州儋州

―류종목 옮김

74

이 한 편의 시로 우리는 천 년 전에 살았던 소동파의 생애를 이해할 수 있다. 한 줄로 붙인 '황주해주담주' 위대한 영혼만이 이처럼 간단명료하게 생을 정리할 수 있다. 싸늘한 재가 되기까지 얼마나 뜨거운 파란만장을 겪었나.

황제가 시행하는 특별시험에 급제해 벼슬길에 나갔던 소식은 왕안석을 비롯한 신법파의 모함을 받아 황주에서 4년, 아열대지방인 혜주에서 2년 반, 열내시방인 남무에서 3년 유배생활을 했다. 살기가 곤궁해지자 버려진 땅을 개간해 농사를 지었는데, 그 땅이 황주성 동쪽에 있어 스스로 동파거사(東坡居士)라 했다.

쓸쓸함을 넘어 동파의 시에는 삶의 기쁨이 있다. "4월 11일에 처음 여지를 먹으며" 등 음식을 소재로 한 시가 많다. "입을 위해 세상을 두루 다녔는데…"라고 토로했듯이 그는 미식가, 현재를 즐길 줄 아는 지식인이었다.

서림사의 벽에 쓴 시 題西林壁

소동파(蘇東波, 蘇軾 1037~1101)

가로로 보면 산줄기, 옆으로 보면 봉우리
멀리서 가까이서 높은 데서 낮은 데서
보는 곳에 따라서 각기 다른 그 모습.
여산(廬山)의 진면목을 알 수 없는 건
이 몸이 이 산속에 있는 탓이리.

橫看成嶺側成峯
遠近高低各不同
不識廬山眞面目
只緣身在此山中

—류종목 옮김

76

우리가 흔히 사용하는 '진면목'이라는 말은 소동파의 시에서 비롯되었다. 여산을 두루 구경한 뒤 서림사의 벽에 그가 남긴 '여산진면목(廬山眞面目)'. 가로로 보면 산마루, 옆에서 보면 봉우리. 보는 각도에 따라 달리 보이는 건 내가 산속에 있기 때문이라는 깨달음. 밖에서 보아야 제대로 보인다. 그가 유배되어 밖에 있었기에 도달한 이치가 아닐까.

시문뿐 아니라 시예와 그림에도 뛰어났던 소동파. 자유로운 듯하나 절제된 아름다움, 그의 작품은 한 번 보면 잊히지 않는 힘이 있다.

2부

무엇이고
무엇이 아닌가

「퓌티아 찬가」 8번

핀다로스 (Πίνδαρος 기원전 518~438)

(…)

마라톤의 구석에서도,

고향 땅 헤라의 경기에서도 능력으로

아리스토메네스여, 삼관왕이었다

너는 상대방 네 명의 몸 위에

사나운 마음으로 몸을 던졌다

이들에게 내려진 귀향은 그대와 같이

퓌티아에서 기쁨 가득한 귀향이 아니었다

(…)

하루살이여, 무엇이고 무엇이 아닌가?

그림자의 꿈, 그것은 인간.

신이 허락한 영광이 다가오면

인간들은 밝은 빛과 부드러운 세월을 누린다

사랑하는 조국 아이기나여

(…)

—김남우 옮김

핀다로스는 테베 출신의 그리스 서정시인이다. 〈퓌티아 찬가 8번〉은 기원전 446년 퓌티아 경기의 레슬링에서 우승한 아이기나 출신 아리스토메네스를 위해 지은 노래, 그가 귀환할 때 고향에서 불렸던 승리의 합창이다. 퓌티아 경기는 올림픽이 열린 2년 뒤에 아폴로의 신전이 있는 델포이에서 열렸고 여성들도 참가가 가능했다. 운동만이 아니라 시와 그림을 다투는 시합이 있어 예술가들이 모여 솜씨를 겨루었다.

하루를 사는 것들, 그것은 인간. 핀다로스의 시는 난해해 교양 귀족이 아니면 이해하기 어렵다. 스무 살의 그는 테살리아를 지배하는 가문을 위해 승리의 찬가를 지었고, 엘포이에서 전차 경기 우승자인 시실리의 왕자를 만나 우정을 쌓았다.

우승자뿐만 아니라 그의 가문을 찬양했던 그의 시는 인간에 충실하며 정치적이었던 고대 그리스의 이념을 보여 준다.

서정시를 쓰기 힘든 시대

Schlechte Zeit für Lyrik

베르톨트 브레히트(Bertolt Brecht 1898~1956)

나도 안다, 행복한 자만이
사랑받고 있음을. 그의 음성은
듣기 좋고, 그의 얼굴은 잘생겼다.

마당의 구부러진 나무가
토질 나쁜 땅을 가리키고 있다. 그러나
지나가는 사람들은 으레 나무를
못생겼다 욕한다

해협의 산뜻한 보트와 즐거운 돛단배들이
내게는 보이지 않는다. 내게는 무엇보다도
어부들의 찢어진 어망이 눈에 띌 뿐이다.
왜 나는 자꾸 40대의 소작인 처가 허리를
꼬부리고 걸어가는 것만 이야기하는가?
처녀들의 젖가슴은
예나 이제나 따스한데

나의 시에 운을 맞춘다면 그것은

내게 거의 오만처럼 생각된다.
꽃피는 사과나무에 대한 감동과
엉터리 화가에 대한 경악이
나의 가슴 속에서 다투고 있다.
그러나 바로 두 번째 것이
나로 하여금 시를 쓰게 한다.

─김광규 옮김

코로나 아니면 카불, 연일 우울한 소식들을 접하며 어떤 시도 쓰지 못하고 브레히트의 시집을 읽었다. 나치 독일을 피해 1939년 스웨덴 스톡홀름 근처에 거주할 무렵에 쓴 〈서정시를 쓰기 힘든 시대〉는 그 독특한 제목만으로도 문학사에 남을 명시이다. '살아남은 자의 슬픔' '아, 우리가 어떻게 이 작은 장미를 기록할 수 있을 것인가?' 브레히트의 시에서 가장 멋진 행은 제목이다.

그는 간결하면서도 명료한 언어로 자신이 하고 싶은 메시지를 전달하는 능력이 탁월했다. 못생긴 나무를 비난하지 말고, (나무를 구부러지게 만든) 토질 나쁜 땅을 개선하라. 잘못된 현실에 원인을 제공한 토대를 봐라.

밑에서 네 번째 행에 나오는 '엉터리 화가'는 히틀러를 지칭한다. 난민이 되어 여러 나라를 전전하며 "싸움터에서 밥을 먹고 / 살인자들 틈에 눕고 / 되는대로 사랑을 하고" (시 '후손들에게') 이 세상에서 그에게 주어진 시간은 그렇게 흘러갔지만, 시는 남았다. 아프가니스탄 산불 기후변화…김소월보다 모더나에 더 익숙해진 귀. 서정시를 쓰기 힘든 시대, 나는 우리는 어디로 가나. 엉터리 현실에 대한 경악과 가을에의 예감이 내 가슴 속에서 다투고….

화장을 하며

문정희(文貞姬 1947년~   )

입술을 자주색으로 칠하고 나니
거울 속에 속국의 공주가 앉아 있다
내 작은 얼굴은 국제 자본의 각축장
거상들이 만든 허구의 드라마가
명실공히 그 절정을 이룬다
좁은 영토에 만국기 펄럭인다

금년 가을 유행색은 섹시브라운
샤넬이 지시하는 대로 볼연지를 칠하고
예쁜 여자의 신화 속에
스스로를 가두니
이만하면 음모는 제법 완성된 셈
가끔 소스라치며
자신 속의 노예를 깨우치지만
매혹의 인공향과 부드러운 색조가 만든
착시는 이미 저항을 잃은 지 오래다

시간을 손으로 막기 위해 육체란

이렇듯 슬픈 향을 찍어 발라야 하는 것일까
안간힘처럼 에스티 로더의 아이라이너로
검은 철책을 두르고
디오르 한 방울을 귀밑에 살짝 뿌려 마무리한 후
드디어 외출 준비를 마친 속국의 여자는
비극 배우처럼 서서히 몸을 일으킨다

십여 년 전 어디선가 문정희 선생님이 낭독하는 〈화장을 하며〉를 들은 적이 있다. 샤넬 에스티로더 디오르를 바른 얼굴을 국제 자본의 각축장으로 보는 발상이 신선해 충격을 받았다. 육십이 지났는데도 시인의 감수성은 늙지도 낡지도 않았다.

　프랑스의 샤넬, 미국의 에스티로더 등 각국을 대표하는 브랜드의 색조화장품을 '만국기'에 비유하다니. 19행의 '철책'은 10행의 '가두니'와 호응한다. 그 세련되고 재기발랄한 언어에 나는 반했다.

　젊어 보이기 위해, 예뻐 보이기 위해, 혹은 사회생활의 필요에 의해 (화장하지 않고 출근하면 어디 아프냐고 묻는 상사들이 있다는 말을 누구에겐가 들었다) 화장을 포기하지 못하는 여자들.

나이 서른이 지나 색조화장을 시작했다. 화장 지우기가 귀찮아 평소 스킨 로션에 자외선차단제만 바르고 외출하나, 신간홍보용 사진을 찍는 날은 눈썹을 그리고 립스틱을 바른다. 마스카라는 불편해서 하지 않는다. 화장하는 날이 일 년에 서너 번이라 색조화장품을 사면 5년 넘게 쓰는 건 기본. 화장을 포기하는 건 여성임을 포기하는 거라고 믿지 않지만, 더 늙어 내 경대에서 립스틱이 치워지는 그날이 빨리 오기를 바라지는 않는다.

마들에서 광화문까지

천양희(千良姬 1942~)

光化門에 가려면 마들에서

노원을 지나 중계 지나 하계 지나

공릉 지나 태릉 지나 먹골 지나

상봉 지나 면목 지나 사가정 지나

용마산 지나 중곡 지나

君子에서 오호선 갈아타야 한다

往十里 지나 杏堂 지나 靑丘 지나

東大門 지나 乙支路 지나 鐘路를 지나가야 한다

入門하는 길이 이렇게 멀다

이렇게도 시가 되는구나. 그 독창적인 착상에 감탄했다. 어떤 직유도 심오한 개념어도 없다. 슬픔과 기쁨을 표현하는 단어도 없다. 장소를 나타내는 명사가 20개. '지나'가 여러 번 나온다. 감정 중립적이고 차가운 시어들. 그러나 내가 읽은 천양희 선생의 어떤 시들보다 뜨거운 인상을 남긴 시.

　이 시를 쓰던 당시 시인은 상계동의 아파트에 살았다. 내 시집 《돼지들에게》에 추천사를 얹어 주신 천양희 선생과 전화통화를 하며 깁 이야기를 많이 했다. 세간 도배를 직접 아있나는 말을 듣고 나는 놀랐다. 그 힘든 도배를 혼자 하시다니.

　중년을 지나 노년에 접어든 시인에게 지하철을 갈아타고 24개의 역을 지나 광화문에 이르는 길은 때로 세상에서 가장 먼 길이었으리. 어느 날 천양희 선생님의 자화상 같은 시. '光化門' '君子'의 깊은 뜻을 독자들은 알리. '入門'은 문에 들어가는 것. 넓고 빛나는 광화문에 들어가는 일. 주변에서 중심에 이르는 길이 이렇게 멀다.

알 수 없어요

황인숙(黃仁淑 1958~)

내가 멍하니 있으면
누군가 묻는다
무슨 생각을 그리 골똘히 하느냐고

내가 생각에 빠져 있으면
누군가 묻는다
왜 그리 멍하니 있느냐고

거미줄처럼 얽힌 복도를 헤매다 보니
바다,
바닷가를 헤매다 보니
내 좁은 방.

나도 비슷한 경험을 한 적이 있다. 내가 진담을 하면 사람들은 농담으로 알아듣고, 내가 백 퍼센트 농담을 하면 진담으로 알고 화들짝 놀란다. 살다 보면 누구나 그런 어처구니없는 일들을 겪고, 오해하고 오해받는 게 현대인의 일상이지만 친한 친구들은 심각한 오해를 하지 않는다. 사랑하면 이해한다.

　황인숙 시인과 나는 일 년 혹은 이 년에 한 번 만나 밥을 먹고 술을 먹는다. 인숙 언니가 부르면 나는 무조건 나간다. 인숙 언니와 함께 한 자리에서 불쾌한 일은 없었다.

　그의 시는 투명하다. 편하게 읽히는 듯하다 〈알 수 없어요〉의 3연처럼 문득 이 지붕에서 저 지붕으로 건너뛰는 고양이처럼 날렵한 상상력을 보여 준다. 거미줄처럼 얽힌 상념의 타래를 따라가다 보니, 바닷가에 와 있다. 생각의 바다에 빠져 우주를 헤매다 깨어나 보니, 내 방. 너무도 익숙한, 너무도 낯선….

가을밤

조용미(曺容美 1962~　)

마늘과 꿀을 유리병 속에 넣어 가두어두었다 두 해가 지나
도록 깜박 잊었다 한 숟가락 뜨니 마늘도 꿀도 아니다 마늘이
고 꿀이다

당신도 저렇게 오래 내 속에 갇혀 있었으니 형과 질이 변했
겠다

마늘에 緣하고 꿀에 연하고 시간에 연하고 동그란 유리병
에 둘러싸여 마늘꿀절임이 된 것처럼

내 속의 당신은 참당신이 아닐 것이다 변해버린 맛이 묘
하다

또 한 숟가락 나의 손과 발을 따뜻하게 해줄 마늘꿀절임 같
은 당신을,

가을밤은 맑고 깊어서 방안에 연못 물 얇아지는 소리가 다
들어앉는다

조용하게 휘젓는 시다. 자신을 위해, 타인을 위해 무언가를 만들어 놓았다가 깜박 잊고 한참 뒤에 다시 발견하는 그런 경험은 일상을 살면서 누구나 한두 번 했을 것이다. 아, 잠시 먹먹해지다 다시 잊어버리고 먹고 자며 흘려보냈을 순간을, 시인은 강렬하게 언어로 포착하여 시로 박제해냈다. 마늘꿀절임에서 당신에게로, 다시 가을밤으로 넘어가는 시상 전개가 서늘하다. 유리병 속에 갇힌 마늘과 꿀, 서로 오랫동안 치열하게 섞여 마늘도 꿀도 아닌 그것을 8시에미 내 속에 실린 당신에게로 넘어가는 순간, 시가 탄생했다.

　손과 발을 따뜻하게 해줄 마늘꿀절임 같은 당신이 없더라도, 따뜻한 꿀차라도 마시며 맑고 깊은 가을밤을 보내야겠다.

과일가게에서

최영미

사과는 복숭아를 모르고
복숭아는 포도를 모르고
포도는 시어 토라진 밀감을 모르고

이렇게 너희는 서로 다른 곳에서 왔지만
어느 가을날 오후,
부부처럼 만만하게 등을 댄 채
밀고 당기며
붉으락푸르락
한 세상이 아름다워지려는구나

시집《서른, 잔치는 끝났다》에 수록된 〈과일가게에서〉는 나의 등단 시다. 1992년 추석 무렵, 평창동 부모님 집으로 가는 길에 과일가게를 지나치다 흘낏 눈에 걸린 붉으락푸르락. 매일 먹는 사과, 익숙한 이미지인데 왜 시각적 충격을 받았는지. 버스를 타고 가다 스치듯 보았기에 그 속도감에 과일은 사라지고 색채만 남았고 '반 구상, 반 추상'의 색채대비가 강렬하게 다가왔던 것 같다.

이 시의 묘미는 '붉으락푸르락' 이웃한 과일의 다른 색, 그리고 서로에게 등을 돌린 사람들의 (화난) 표정을 동시에 표현했다.

버클리 대학의 'lunch poem' 행사에 초대되어 영어로 번역한 〈과일가게에서〉를 내가 낭송했다. "beautiful"이 끝나기도 전에 터지던 감탄과 박수 세례. 그날 저녁 파티에서 교포 선생님에게 과일바구니 선물 받고 행복했었는데….

행복은 잠깐. 삶은 여전히 붉으락푸르락.

섬진강 12: 아버님의 마을

김용택(金龍澤 1948~)

세상은 별것이 아니구나.

우리가 이 땅에 나서 이 땅에 사는 것은

누구누구 때문이 아니구나.

새벽잠에 깨어

논바닥 길바닥에 깔린

서리 낀 지푸라기들을 밟으며

아버님의 마을까지 가는 동안

마을마다

몇 등씩 불빛이 살아 있고

새벽닭이 우는구나.

우리가 여기 나서 여기 사는 것

무엇무엇 때문도 아니구나.

시절이 바뀔 때마다

큰 소리 떵떵 치던

면장도 지서장도 중대장도 교장도 조합장도 평통위원도

별것이 아니구나.

워싱턴도 모스크바도 동경도 서울도 또 어디도

시도 철학도 길가에 개똥이구나.

아버님의 마을에 닿고
아버님은 새벽에 일어나
수수빗자루를 만들고
어머님은 헌 옷가지들을 깁더라.
두런두런 오손도손 깁더라.
아버님의 흙빛 얼굴로,
어머님의 소나무 껍질 같은 손으로
빛나는 새벽을 다듬더라.
그이들의 눈빛, 손길로 아침이 오고
우리들은 살아갈 뿐,
우리가 이 땅에 나서 이 땅에 사는 것
누구누구 무엇무엇 때문이 아니구나.
비질 한 번으로 쓸려나갈
온갖 가지가지 구호와
토착화되지 않을
이 땅의 민주주의도,
우리들의 어설픈 사랑도 증오도
한낱 검불이구나.

빗자루를 만들고 남은 검불이구나 하며
나는 헐은 토방에 서서
아버님 어머님 속으로 부를 뿐
말문이 열리지 않는구나.
목이 메이는구나.

젊은 날, 김용택 선생님의 모습이 어른거린다. 자연과 생명을 구태의연하지 않게, 빛나는 새벽처럼 탁 트이게 묘사하는 힘이 그에게 있었다. "비질 한 번으로 쓸려나갈" 구호라니. 정말 호쾌한 한방 아닌가. 김용택 선생님 댁을 찾아가 시인의 노모가 지은 따뜻한 밥을 얻어먹은 적이 있다. 우리가 이 땅에 나서 이 땅에 사는 것은 생명을 키우고 보살핀 그분들 덕이다.

"어머님의 소나무 껍질 같은 손"에서 눈시울이 뜨거워졌다. 우리가 함께 했던 마지막 추석이 언제였더라? 언제인지 가뭇한 그날, 아버지는 밤을 까고 어머니는 차례상을 차렸다. 접시들을 나르는 시늉을 하고 식탁에 앉으려다 나는 보았다. 먹기에 몰두한 늙은 부모의 뒷모습. 애처롭고 숭고했던….

아버지의 묘지에 다녀온 지 한참 되었다. 멀고 차가 없다는 핑계로 성묘를 게을리했다. 살아 있는 어머니, 요양병원에서 무료한 나날을 보내는 당신을 몇 달에 한 번 유리벽 너머로 볼 때마다 엄마가 나를 알아볼까? 걱정이 앞선다. "나 누구야?" "누구긴… 내 딸이지" 자식들에 대한 서운함을 내색하지 않는 엄마. 모든 것을 자식들에게 내어주고 늙어 오그라든 어미의 손을 언제 다시 잡을 수 있을까.

봄과 가을 : 아이에게

Spring and Fall: To a young child

제라드 홉킨즈(Gerard M. Hopkins 1844~1889)

마가렛, 너는 황금빛 숲에 잎들이
떨어지는 걸 보고 슬픔에 잠겼니?
나뭇잎들을, 인간의 일들처럼,
순진한 생각으로 걱정하는구나.
아! 마음이 늙어감에 따라
그런 광경들에 점점 냉담해지고
창백한 숲의 세계가 한 잎 한 잎
떨어져도 한숨 한 번 짓지 않게 되지.
그러나 너는 울며 그 이유를 알려 하겠지.
그런데, 애야, (슬픔의) 이름이야 어떻든
슬픔의 원천은 다 똑같아.
어떤 입도, 어떤 정신도 표현하지 않았었지
마음이 들었던 것, 유령이 짐작했던 것을:
인간은 시들기 위해 태어났단다,
네가 슬퍼하는 것도 마가렛, 너 자신이지.

아이에게 어떻게 상실을 가르칠 건가. 가을의 이미지를 강조하려 시의 제목으로 'autumn'이 아니라 'fall'을 선택했다. 'fall'이 더 구체적이며, 떨어지는 잎사귀를 통해 인간 영혼의 타락을 말하고픈 시인의 의도에 적합하다.

'황금빛 숲'은 유년의 낙원, 타락을 모르는 순수한 세계를 암시한다. 제라드 홉킨즈는 예수회 신부였다. 더블린에서 44세에 장티푸스로 사망한 뒤, 친구들에 의해 그의 시들이 알려지며 시대를 대표하는 독창적인 목소리로 인정받았다.

"태어나 시드는 게 인간의 운명"이라는 그리 신선하지도 놀랍지도 않은 결론 뒤에 15행이 반전의 드라마를 선사한다. 마가렛, 네가 슬퍼하는 것은 너 자신이라니! 말할 수 있는 슬픔은 슬픔이 아니다.

추억 Remembrance

바이런(George Gordon Byron 1788~1824)

모든 것은 끝났다! −꿈이 알려준 대로
미래는 희망에 빛나기를 그만두었고
내 생애 행복한 날들은 얼마 되지 않네:
불행의 차가운 바람에 얼어붙어
내 삶의 새벽은 흐려졌구나
사랑이여 희망이여 기쁨이여 모두 안녕!
추억에도 작별을 고할 수 있을까!

가을은 추억의 계절인가? 봄이 더 감질나게 추억을 환기시키지 않던가? 내 생의 새벽에, 여고 1학년에 만든 시화집에 실려 있는 시를 다시 꺼내 음미했다. "행복한 날들은 얼마 남지 않았네" 건강하고 행복하게 살 날들은 얼마 남지 않았다.

겨우 서른여섯 해 밖에 안 산 시인이 모든 것이 끝났다고 단언하나니. 그의 조숙함이 놀랍지는 않다. 십대 후반에 사랑을 알았고, 유럽을 여행한 뒤 스물네 살에 펴낸 시집 《차일드 해럴드의 순례》로 19세기의 슈퍼스타가 되었고, 서른여섯 살에 그리스의 독립을 염원하다 낯선 땅에서 죽기까지 그는 숱한 염문과 모험으로 점철된 삶을 살았다. 충분하고도 남을 환멸을 맛보았으리.

귀족으로 태어난 바이런, 삶의 새벽을 덮은 먹구름은 무엇이었을까. 그는 날 때부터 다리를 약간 절었다. 조지 고든 바이런의 희망과 절망을 꿰뚫을 만큼 늙었으니, 나의 환멸이 더 크다. 꿈에서라도 바이런을 만난다면 내가 더 위로받아야겠다.

여행 Le Voyage

보들레르(Charles Baudelaire 1821~1867)

지도와 판화를 사랑하는 어린이에게
우주는 그의 왕성한 욕망을 담는 그릇
아! 등잔불 속에 세계는 얼마나 광대한가!
추억의 눈에 세상은 얼마나 작은가!

어느 날 아침 우리는 떠난다, 머리는 뜨겁고
우리의 가슴은 원한과 쓰라린 욕망으로 가득 차,
그리고 우리는 간다, 물결의 리듬을 따라 흘러
유한한 바다 위에 끝없는 마음을 흔들며
(중략)
그러나 참다운 여행자들은 오직 떠나기 위해
떠나는 사람들. 가벼운 마음으로 풍선처럼
주어진 숙명에서 결코 빠져나가지 못하면서
무작정 언제나 가자! 라고 말한다 (후략)

〈여행〉은 아주 긴 시인데, 1부의 일부만 소개한다. 플로베르가 칭찬했듯이 "대리석처럼 견고하고, 영국의 안개처럼 가슴에 스며드는" 구절들. 어린아이는 지도를 보며, 미지의 세상을 그린 판화를 보며 호기심을 키운다. 2행을 직역하면 "우주는 그의 굉장한 허기의 크기"이다. 허기가 클수록 욕망이 커지고, 우주도 커진다.

　지도를 보며 상상했던 세계는 얼마나 컸던가. 어른이 되어 이곳저곳을 가 보고 나니, 동양의 신비도 걷히고 태평양도 그가 상상했던 것보단 작다. 바다에도 끝이 있다는 걸 파도에 흔들리며 그는 알게 된다.

　추억의 눈에 사물들이 때로 얼마나 너절해 보이는지. 세계의 크기는 상상력의 크기이다. 상상력과 지식을 대비시키며 보들레르는 여행을 새롭게 정의했다.

기대지 않고

이바라기 노리코(茨木のり子 1926~2006)

더이상

기성 사상에는 기대고 싶지 않다

더이상

기성 종교에는 기대고 싶지 않다

더이상

기성 학문에는 기대고 싶지 않다

더이상

그 어떤 권위에도 기대고 싶지 않다

오래 살면서

마음속 깊이 배운 건 그 정도

자신의 눈과 귀

자신의 두 다리로만 서 있으면서

그 어떤 불편함이 있으랴

기댄다면

그건

의자 등받이뿐

—성혜경 옮김

내 삶과 동떨어진 학문이며 사상이 무슨 소용이란 말인가. "기대지 않는" 경지에 이르기까지 노리코 여사는 엄청난 독서를 했음에 틀림없다. 이런저런 사상과 학문을 섭렵했던 자만이 그처럼 쉽게 버릴 수 있다. 내가 조선 여자라 노리코의 시에 격하게 공감할지도 모른다. 성리학과 불교, 모더니즘을 수입해 얼른 내 몸에 둘러야 했던 변방의 먹물들. 서재 가득한 책에 포위된 지식인들의 사진을 볼 때마다 숨이 막힌다.

내 나라 안방을 점령한 무슨무슨 클래스에 열광하는, 무슨무슨 논리에 영혼을 바치는 이들에게 들려주고 싶은 시. 유튜브의 시대, 내 눈으로 세상을 보지 않고 자신의 다리로 서 있지 못하고 부화뇌동하는 사람이 많아졌다. 말이 없어진다면 삶은 더 간단하게 행복하거나 불행하겠지.

호주오픈 테니스가 시작되기 전에 편하게 앉을 소파를 사야겠는데 아직 맘에 드는 소파를 발견하지 못했다. 내 맘에 딱 드는 물건이 아니라면 사지 말자. 오래 살면서 내가 배운 건 그 정도.

피

이바라기 노리코(茨木のり子 1926~2006)

이라크의 가수가 노래 불렀다

열렬히 허리를 비틀어 가며

"사담에게 이 피를 바치자

사담에게 이 생명을 바치리"

어딘지 귀에 익은 노래

45년 전 우리도 불렀다

독일 어린이들도 불렀다

지도자의 이름을 걸고

피를 바치자 따위의 노래를 부를 땐

변변한 일은 없는 법

피는 온전히 자신을 위해 써야 하는 것

굳이 바치고 싶다면

누구보다도 사랑하는 사람을 위해서 쓰는 것이야말로

―성혜경 옮김

'변변한'이라는 형용사가 절묘하다. 이바라기 노리코의 시를 번역한 성혜경 선생의 탁월한 언어 감각에 감탄이 나온다. 사랑하는 이를 위해 쓸 피가 내게 남아 있나? 내 자신을 위해 쓸 피도 부족한데….

피처럼 선명한 언어들. 허튼 수식어 없이 꼭 필요한 말만 엮어 누구나 읽고 이해할 수 있는 시를 쓰려고 노력했던 위대한 시인. 일본군국주의를 예리한 '여자의 말'로 비판했던 노리코 여사에게 조선은 아름다운 피해자, 알고 싶은 이웃나라였다. 한국어를 배우고 윤동주의 시를 일본에 소개했던 이바라기 노리코. 어떤 문학상 수상도 거부했고 장례식도 조의금도 거부한다는 편지를 남기고 그가 타계한 몇 달 뒤 일본을 방문했다. 아사히신문 기자에게서 노리코 여사의 집에 배용준의 사진이 크게 붙어 있었다는 이야기를 들었다. 그이도 지식인인 척하는 남자들에게 어지간히 실망했던 게다.

뺄셈

김광규(金光圭 1941~)

덧셈은 끝났다
밥과 잠을 줄이고
뺄셈을 시작해야 한다
남은 것이라곤
때묻은 문패와 해어진 옷가지
이것이 나의 모든 재산일까
돋보기 안경을 코에 걸치고
아직도 옛날 서류를 뒤적거리고
낡은 사진을 들추어보는 것은
품위 없는 짓
찾았다가 잃어버리고
만났다가 헤어지는 것 또한
부질없는 일
이제는 정물처럼 창가에 앉아
바깥의 저녁을 바라보면서
뺄셈을 한다
혹시 모자라지 않을까
그래도 무엇인가 남을까

김광규 선생님의 시선집에 집에 관한 시들이 많다. 서울로 이사한 직후에 읽어 그런지 〈뺄셈〉〈고향〉 같은 시들이 눈에 들어왔다. 그의 절창은 4·19세대의 내면 풍경을 노래한 〈희미한 옛사랑의 그림자〉이고 개인적으로 그의 〈밤눈〉을 무척 좋아하지만, 밤늦게 새집의 책상에 앉은 피곤한 몸은 〈뺄셈〉에 끌린다. 노년에 낙오자가 되지 않으려면 덧셈보다 뺄셈을 잘해야 한다.

시 속에 "집"이란 단어는 등장하지 않지만 "분패" "재산" 등 세속적인 단어와 앞뒤 맥락으로 미루어 짐작할 수 있다. 그가 더하고 빼는 게 새집 장만과 관련된 계산이라는 것을. 잔금은 어이어이 치르는데 복비와 세금은? 이사비가 모자라지 않을까. 내가 계산을 잘못하지 않았나. 생애 최초로 서울에 집 한 칸 마련하기 위해, 고향으로 돌아간다는 기쁨에 들떠 수없이 계산기를 두드리고 숫자들을 더하고 뺐다. 시인의 계산이 맞아야 살 만한 사회 아닌가.

겨울 파리 寒蠅

김시습(金時習 1435~1493)

겨울 파리 벽 위에 딱 붙어

날개 접고 마른 송장 되었네

소란만 일으켜 미움 받아

앵앵대고 성가셔도 못 잡았던

찬바람에 다 죽었나했더니

따뜻한 방에서 다시 날아올라

더 이상 살아나지 말라며

가시나무 손에 쥐고 혼줄냈지

더위엔 호기롭고 장하더니만

찬 서리에 풀죽어 설설 긴다네

단청 기둥에 점 하나 되고

흰 벽 위 까만 사마귀 점 되어

쓸모없는 얇은 날개로

모퉁이에 천한 흔적 하나 남겼거늘

때 얻었다 방자하지 마라

권세 다한 뒤 그 누구를 원망하랴

—최명자 옮김

재치와 위트가 넘치는 오언절구. 2행에서 날개를 접고 벽에 붙은 파리를 마른 송장이라 하더니, 마지막 행에서는 세력이 다한 권신에 비유해 일침을 날렸다. 수미상관(首尾相觀)하고, 진부한 구석이 없고 묘사가 치밀하다.

오백 년 전 그때는 가시나무로 파리를 잡았구나! 고것 참 편리하겠다. 살충제처럼 독한 성분이 없어 친환경적이며 돈도 안 들고. 그 한 몸 겨우 뉠 소나무 오두막에 살면서도 김시습은 웃음을 잃지 않았다! 생육신 김시습의 시들에 배어있는 불우한 지식인의 환멸과 체념의 몸짓이 때로 지겨웠는데 '겨울 파리'는 신선했다. 날 웃게 만든 사람을 어떻게 미워하나.

10행 "찬 서리에 풀죽어 설설 긴다네"의 원문은 "淸霜不自由"다. 시의 서정적 자아에 대해 생긴 의문: "소란만 일으켜 미움받아 앵앵대고 성가셔도 못 잡았던" 그는 누구일까. 시인 자신이 투영되어 있지 않나.

본보기 The Example

W. H. 데이비스(William Henry Davies 1871~1940)

여기 나비가 보여주는

하나의 본보기가 있다;

거칠고 단단한 바위 위에

행복하게 누운,

편하지 않은 돌덩이 위에

친구도 없이 저 혼자 행복한 나비.

이제 내 침대가 딱딱하더라도

아무 걱정하지 않을 거야;

작은 나비처럼

나는 나의 즐거움을 만들어야지.

그 행복한 마음이

바위도 꽃으로 만드는 힘을 가진

한 마리 작은 나비처럼.

잠들지 못하는 밤마다 이 시를 생각해야겠다. 바위 위에 앉아 뒤척이지도 않고 편안해 보이는 나비, 친구도 없이 혼자 아무렇지도 않은 자연을 부러워한 시인. 꽃이 없는 바위 위에 앉은 나비는 행복했을까.

　나비를 보며 이렇게 귀엽고 기특한 시를 쓴 윌리엄 헨리 데이비스는 한때 부랑자 노숙자였다고 한다. 모르긴 몰라도 없는 걱정을 만들어 하지는 않았을 터. 불면은 문명의 병.

　학창시절, 책 읽는 재미에 시간 가는 줄 몰랐고 이야기가 끝날 때까지 밤을 꼴딱 새우는 버릇이 들었다.

　삼십대가 지나 불면이 사라졌고 최후진술을 앞둔 밤에도, 판결기일에도 그럭저럭 잤는데, 출판사 대표가 된 뒤 불면증이 도졌다. 사장님 병이라고 누가 그러던데…. 책을 읽지도 쓰지도 않고, 책을 만들지도 팔지도 않아야 잠이 잘 오려나?

아이들을 곡하다 哭子

허난설헌(許蘭雪軒 1563~1589)

지난해에는 사랑하는 딸을 잃고

올해에는 사랑하는 아들을 잃었네.

슬프고 슬픈 광릉 땅

무덤 한 쌍이 마주보며 솟았네.

쏴쏴 바람은 백양나무에 불고

도깨비불은 무덤에서 반짝인다.

지전(紙錢)을 살라 너희 혼을 부르고

술을 따라 너희 무덤에 붓는다.

나는 아네. 너희 형제의 혼이

밤마다 서로 만나 놀고 있을 줄.

배 속에 아이가 있다만

어찌 자라기를 바라랴?

부질없이 슬픈 노래 부르며

피눈물 흘리며 소리 죽여 운다.

―강혜선 옮김

자식을 잃은 슬픔을 생생하게 표현한 5언 고시(正言古詩). 마음 놓고 울 수도 없었던 사대부 집안의 여인은 "소리 죽여" 울 수밖에. 시를 써서 피눈물이 흐려졌을까, 진해졌을까.

　강릉의 명문에서 태어난 허난설헌은 동생 허균과 함께 글을 배웠다. 15세에 김성립과 혼인했으나 글에 취미가 없고 밖으로만 나도는 남편, 시를 짓는 며느리를 좋아하지 않는 시어머니 밑에서 고독하게 살다 남매를 잃은 뒤에 뱃속의 아이까지 잃었다. 오빠가 귀양 가며 친정은 몰락했고 난설헌은 한시로 슬픔을 달래다 27세에 요절했다. 그의 유언에 따라 작품을 모두 소각했는데, 허균이 친정에 보관된 누이의 시편들과 자신이 암송하는 누이의 시들을 모아 명나라 사신에게 주어 1606년 중국에서 《난설헌집(蘭雪軒集)》이 간행되었다.

　살아서 난설헌은 세 가지를 후회했다 한다. 조선에서 태어난 것, 여자로 태어난 것, 김성립과 혼인한 것. 그때나 지금이나….

유언 遺言

김명순(金明淳 1896~1951)

조선아 내가 너를 영결(永訣) 할 때
개천가에 고꾸라졌던지 들에 피 뽑았던지
죽은 시체에게라도 더 학대해다오.
그래도 부족하거든
이 다음에 나 같은 사람이 나더라도
할 수만 있는 대로 또 학대해보아라
그러면 서로 미워하는 우리는 영영 작별된다
이 사나운 곳아 사나운 곳아.

네가(조선이) 나를 영결하는 게 아니라 "내가 너를 영결할 때"이다. 그만큼 주체적이고 활달한 자아를 엿볼 수 있다. 죽은 시체에게도 학대해 달라니. 자학적인 표현에서 그녀에 대한 집단가해가 어느 정도였는지 가늠된다.

평양 갑부 소실의 딸로 태어난 김명순은 진명여학교를 졸업하고 일본에서 공부하다 1917년 최남선이 주간하는 《청춘》의 현상응모에 단편소설 〈의심의 소녀〉가 당선되며 등단했다. '창조' 동인으로 시와 소설을 발표했는데 일본 유학 중에 데이트 강간을 당한 사실이 알려지면서 심한 비난에 시달렸다.

"부정한 혈액" "처녀 때 강제로 남성에게 정벌받았다" 남성 문인들의 모욕에도 굴하지 않고 김명순은 작품집 《생명의 과실》을 간행했고 매일신보사의 기자로도 일했다. 최초의 여성 소설가. 근대 처음으로 시집을 간행한 여성 시인. 그 찬란한 처음을 연 그의 마지막은 불우했다. 궁핍한 생활 끝에 일본으로 건너가 땅콩을 팔아 연명하다 도쿄의 뇌병원에서 죽었다고 한다.

외로움과 싸우다 객사하다

나혜석(羅蕙錫 1896~1948)

가자! 파리로
살러 가지 말고 죽으러 가자.
나를 죽인 곳은 파리다.
나를 정말 여성으로 만들어준 곳도
파리다.
나는 파리 가서 죽으련다.
찾을 것도, 만날 것도, 얻을 것도 없다.
돌아올 것도 없다. 영구히 가자.
과거와 현재 공(空)인 나는 미래로 가자.

사남매 아해들아!
에미를 원망치 말고 사회제도와 잘못된
도덕과 법률과 인습을 원망하라
네 어미는 과도기에 선각자로 그 운명의
줄에 희생된 자였더니라.
후일, 외교관이 되어 파리 오거든
네 에미의 묘를 찾아 꽃 한 송이 꽂아다오.

처음부터 격하게 시작하는, 나혜석의 유언과도 같은 시. '살러
가자'가 아니라 "죽으러 가자"다. 비장한 내용이나 문체는 사뭇
당당하다. 자신의 운명을 예감하고 파리로 가서 죽고 싶다는 시
를 쓰고 왜 못 떠났을까? '죽으러'는 '살러'의 역설적 표현 아닌
가. 얼마나 시달렸으면….

조신 최초의 여성 서양화가, 조선 여성 최초로 세계일주를 했
던 나혜석은 파리에서 만난, 남편이 아닌 남자와의 관계가 알려
지며 가족에게 외면당하고 세간의 비난과 조롱을 받는다. '부도
덕한 신여성'은 가난과 병에 시달리다 행려병자가 되어 52세에
서울시립자제원 병동에서 생을 마감했다. 1934년 나혜석이 《삼
천리》에 발표한 이혼고백장의 한 문장이 내 귀에 메아리친다.
"나는 사람으로 태어난 것을 후회합니다."

행복

허영자(許英子 1938~)

눈이랑 손이랑
깨끗이 씻고
자알 찾아보면 있을 거야

깜짝 놀랄 만큼
신바람나는 일이
어딘가 어딘가에 꼭 있을 거야

아이들이
보물 찾기 놀일 할 때
보물을 감춰두는

바위 틈새 같은 데에
나무 구멍 같은 데에

행복은 아기자기
숨겨져 있을 거야.

정말 어딘가에 그게 있을까? 깜짝 놀랄 만큼 신바람나는 일이 지금도 있을까. 중년을 지나 깜짝 놀랄 일은 누가 다쳤다든가 누가 암에 걸렸다든가 하는 슬픈 일이었다.

놀랍지도 신바람나지도 슬프지도 않은 하루를 보내고 허영자 선생님의 '행복'을 읽었다. 친구를 앞에 두고 말하는 듯 구어체의 "눈이랑 손이랑" "자알 찾아보면"을 보며 웃음이 솟고 마음이 따뜻해졌다. '잘'이 아니라 '자알'로 늘여 운율도 더 맞고 재미난 표현이 되었다. 간결하면서도 감칠맛 나는 언어들. 1연 2연 5연이 "~거야"로 끝나고, "데에"로 끝나는 4연의 두 행은 2음절이 반복되어 리듬과 통일감을 주었다.

허영자 선생의 시는 운율이 강하다. 전통시의 운율이 살아 있어, 한 번 보았는데도 금방 외워진다. 난해한 말들의 조합이 지성의 징표인 양 각광받으며 요즘 우리 시에 리듬이 사라지고 있다. SNS 시대에 접어들어 '읽는 시'에서 '보는 시'로 변화가 더 가속화되었다. 말보다 문자로 소통하는 시대, 우리가 놓친 것은 무엇인지. 말의 행복, 시의 본질을 회복해야 한다.

길가메시 서사시

네 배를 채워라,
즐겨라 낮에도 밤에도!
하루하루를 즐겁게 보내라
춤추고 놀아라 낮에도 밤에도!

물에 들어가 목욕하고,
네 머리를 씻고 깨끗한 옷을 입어라
네 손을 잡은 아이를 바라보고,
네 아내를 안고 또 안아 즐겁게 해줘라!

인류의 오래된 이야기, 길가메시(Gilgamesh) 서사시의 한 장면이다. 영원한 생명을 찾아 헤매는 길가메시에게 선술집 주인 시두리는 말한다. "신이 인간을 창조했을 때, 인간에게 죽음을 주었다… 그러니 길가메시, 배불리 먹고 즐겨라"

그 단순함에 나는 매료되었다. 먹고 놀고 씻고 사랑하라! 'carpe diem(현재를 즐겨라)'의 원조라 할 수 있는, 허무를 바탕으로 한 현세주의는 메소포타미아 문명의 특징이다. 중년을 시나 나는 알게 되었나. 내 손으로 머리를 감고 내 발로 설 수 있다는 게 행복임을. 요양병원에서 어머니의 머리를 감기고 손톱을 깎으며, 행복해 하는 어미를 보고 나도 행복했는데. 코로나가 삶의 기쁨을 빼앗았다.

많은 학자들이 길가메시가 기원전 2800년 경 우르크를 통치했던 실존인물이라고 믿고 있다. 죽지 않고 늙지 않는 영생을 얻는데 실패한 길가메시는 낙담하여 자신의 왕국으로 돌아온다. 그러나 그는 결국 불멸을 얻었으니, 5000년 전의 이야기가 지금도 살아 전해지지 않는가. 문학은, 시는 위대하다.

후기

지난 일 년 간 어느 일간지에 연재한 「최영미의 어떤 시」를 모아 책으로 엮었습니다. 고대부터 현대까지 세계의 명시 50편을 소개하고 짧은 해설을 붙이며 저도 잊고 살았던 시 읽기의 재미에 흠뻑 빠졌습니다. 어떤 시는 우리를 다른 곳으로 데려가지요. 4천여 년 전, 메소포타미아에 살던 인류가 남긴 길가메시 서사시를 (물론 제가 고대 수메르어나 아카드어를 알지는 못합니다.) 영어 텍스트를 한글로 번역하며 머나먼 시간으로 여행을 떠나 고대인들을 만난 듯 흥분했답니다.

1부의 끝에 중국 시 문학의 시작인 시경과 굴원의 초사, 이백과 두보의 시를 배치하고, 그 뒤에 도연명과 소동파의 시들을 넣어 시대 순으로 중국의 시가를 감상할 수 있습니다. 허난설헌-김명순-나혜석, 허영자-천양희-문정희 선생님으로 이어지는 여성시의 흐름을 독자들이 알기 쉽게 2부에 연이어 배치했습니다. 신문지면에 시의 전문을 다 싣지 못하는 아쉬움이 있었는데, 단행본으로 묶으며 굴원의 〈이소〉처럼 아주 긴 시가 아닌 경우 원시의 전문을 가능한 살리기로 했습니다.

신문 연재를 제안한 박종세 선생님, 저의 원고를 편집하고 분량을 조절하느라 애쓴 이한수 이태훈 기자님, 시의 재수록을 허락해준 시인들과 번역자들, 재수록 절차를 진행하느라 수고한 출판사 편집자들에게 고마움을 전합니다. 책의 표지와 본문을 디자인한 여현미 님, 까다로운 책을 편집하고 교정하느라 고생한 김소라 님, 사진을 찍은 이정우 님에게 큰 빚을 졌습니다.

시는 인류 문명의 꽃입니다. 옛 사람들의 지혜와 열정이 살아 숨쉬는 시들을 읽으며 잠시 쉬어가시기 바랍니다. 시에는 시간과 고통을 견디는 힘이 있습니다. 시의 바다에서 깜짝 놀랄 만큼 신바람나는 경험을 하시기를…

_2022년 봄
최영미

출처

W. B. Yeats, 〈Down By The Salley Gardens〉〈A Drinking Song〉, Macha Louis Rosenthal ed. *Selected Poems And Three Plays of William Butler Yeats*, Macmillan Publishing Company, 1962

김시습, 〈원주 가는 길〉〈겨울 파리〉, 최명자 옮김, 《꿈꾸다 떠난 사람, 김시습》, (주)빈빈책방, 2020

신경림, 〈낙타〉, 《낙타》, 창비, 2008

최치원, 〈곧은 길 가려거든〉 김수영 옮김, 《새벽에 홀로 깨어》, 돌베개, 2008

Emily Dickinson, <Dear March>, Thomas H. Johnson ed. *The Complete Poems of Emily Dickinson*, Faber and Faber, 1970 1982

김기림, 〈바다와 나비〉, 신경림 정희성 편, 《한국현대시선1》, 창작과비평사, 1985

이성미, 〈참고문헌 없음〉, 《다른 시간, 다른 배열》, 문학과지성사, 2020

William Blake, 〈A Poison Tree〉〈London〉, A.W. Allison ed. *The Norton Anthology of Poetry*, W.W. Norton & Company, 1983

신동엽, 〈누가 하늘을 보았다 하는가〉, 《누가 하늘을 보았다 하는가》, 창작과비평사, 1989

정약용, 〈혼자 웃다 獨笑〉, 송재소 옮김, 《다산시선》, 창작과비평사, 1988

하인리히 하이네(Heinrich Heine), 〈참으로 아름다운 오월〉, 김광규 옮김, 《바다의 망령》, 민음사, 1989

김수영, 〈사랑〉, 백낙청 엮음, 《사랑의 변주곡》, 창작과비평사, 1988

윤동주, 〈새로운 길〉, 《하늘과 바람과 별과 詩》, 더스토리(미르북컴퍼니), 2017

Sappho, 〈fragment 16: some prize the cavalry〉, Sasha Briar Newborn trans. *Sappho: The Poems*, Bandanna Books, 2002

Christina Rossetti, 〈A Daughter Of Eve〉,

The Complete Poems of Christina Rossetti, Penguin Books, 2001

노천명, 〈6월의 언덕〉, 《사슴의 노래》, 스타북스, 2016

최승자, 〈기억하는가〉, 《기억의 집》, 문학과지성사, 1989

William Shakespeare, 〈Sonnet 66〉, *Shakespeare's Sonnets*, Stephen Booth ed. New Haven and London, Yale Uni. Press, 1977

Omar Khayyám, 〈Rubái 71〉 〈Rubái 96〉, *Edward FitzGerald's Rubaiyat of Omar Khayyam*, notes by Robert D. Richardson, Bloomsbury, 2016

작자미상, 〈시드는 풀 何草不黃〉, 이기동 역해, 《시경강설》, 성균관대학교 출판부, 2004

굴원(屈原), 〈이소〉, 권용호 옮김, 《초사》, 글항아리, 2015 2018

이백 (李白), 〈목욕하는 사람〉, 이병한 옮김, 《산중문답》, 민음사, 1991

두보(杜甫), 〈강촌〉, 이원섭 역해, 《두보시선》, 현암사, 2003 2019

도연명(陶淵明), 〈음주 제9수〉, 장기근 옮김, 《신역 도연명》, 명문당, 2002

소동파(蘇東波), 〈서림사의 벽에 쓴 시〉, 〈금산사에 걸려 있는 내 초상화에 쓴 시〉 류종목 편저, 《소동파 후기 명시》 명문당, 2018

핀다로스, 〈퓌티아 찬가 8번〉, 김남우 옮김, 《고대 그리스 서정시》, 민음사, 2018

베르톨트 브레히트(Bertolt Brecht), 〈서정시를 쓰기 힘든 시대〉, 김광규 옮김, 《살아남은 자의 슬픔》, 한마당, 1992

문정희, 〈화장을 하며〉, 《나는 문이다》, 민음사, 2016

천양희, 〈마들에서 광화문까지〉, 《너무 많은 입》, 창비, 2005 2015

황인숙, 〈알 수 없어요〉, 《리스본行 야간열차》, 문학과지성사, 2007

조용미, 〈가을밤〉, 《기억의 행성》, 문학과지성사, 2011

최영미, 〈과일가게에서〉, 《서른, 잔치는 끝났다》, 창작과비평사, 1994

김용택, 〈섬진강 12: 아버님의 마을〉, 《섬진강》, 창작과비평사, 1985 1994

Gerard Manley Hopkins, 〈Spring and Fall: To a young child〉, selected by W. H. Gardner, *Poems And Prose of Gerard Manley Hopkins*, Penguin Books, 1953

George Gordon Byron, 〈Remembrance〉, www.poemhunter.com/poem/

Charles Baudelaire, 〈Le Voyage〉, selected by William Rees, *French Poetry 1820-1950*, Penguin Books, 1990

이바라기 노리코(茨木のり子), 〈기대지 않고〉 〈피〉, 성혜경 옮김, 《여자의 말》, (주)달아실출판사, 2019

김광규, 〈뺄셈〉, 《좀팽이처럼》, 문학과지성사, 1988

William Henry Davies, 〈The Example〉, *Collected Poems: First Series*, Jonathan Cape Ltd. London, 1916

허난설헌, 〈아이들을 곡하다〉, 강혜선 옮김, 《여성한시선집》, 문학동네, 2012

김명순(金明淳), 〈유언遺言〉, 맹문재 엮음, 《김명순 전집》, 현대문학, 2009

나혜석, 〈외로움과 싸우다 객사하다〉, 《달의 뒤편》, 제우미디어, 2020

허영자, 〈행복〉, 《얼음과 불꽃》, 시월, 2008

The Epic of Gilgamesh: *The Babylonian Epic Poem and Other Texts in Akkadian and Sumerian*, trans by Andrew George, Penguin books, 2002

최영미의 어떤 시, 안녕 내 사랑

1판 1쇄 인쇄 2022년 3월 23일
1판 1쇄 발행 2022년 3월 30일

엮고쓴이 최영미
편 집 김소라
디자인 여YEO디자인

펴낸이 최영미
펴낸곳 이미
출판등록 2019년 4월 2일 (제2019-000097호)
주소 서울시 마포구 마포대로 89 마포우체국 사서함 11
이메일 imibooks@nate.com
홈페이지 www.choiyoungmi.com
페이스북 www.facebook.com/youngmi.choi.96155

ⓒ 최영미 2022
ISBN 979-11-967142-9-1 03800